SHANGHAI METRICIAN

上海诗人

主编 赵丽宏 执行主编 季振邦

人生的能见度

上海文艺出版社

SHANGHAI METRICIAN
上海诗人

主　编　赵丽宏

执行主编　季振邦

策　划　杨斌华　田永昌　朱金晨

常务副主编　孙　思

副 主 编　杨绣丽　徐如麒

编　辑　巫春玉　赵贵美　宗　月
　　　　钱　涛　张沁茹　征　帆
　　　　张健桐　罗　琳

上海诗人

2025 年 4 月 贰

主办单位　上海市作家协会
　　　　　上海文艺出版社

编　辑　《上海诗人》编辑部
地　址　上海巨鹿路 675 号
邮政编码　200040
电　话　021—54562509
　　　　021—62477175 转
电子信箱　shsrb@hotmail.com
　　　　　shsrbjb@163.com

头条诗人

004 把食指竖在嘴唇的中央（组诗）　　　梁　平

名家专稿

010 桃花刷新了尘封的黄土（组诗）　　　胡　杨
013 天空向高处退了退（组诗）　　　　　马启代

华夏诗会

016 冰雪的定义（组诗）　　　　（北京）刘福麟
019 雪从牧鞭上来（外五首）　　（江苏）陈　实
021 秦岭的神韵（组诗）　　　　（陕西）张林春
024 暮色降临（组诗）　　　　　（湖南）梦天岚
025 遇见宋朝的自己（组诗）　　（浙江）费一飞
027 守　村（外三首）　　　　　（安徽）李晓光
028 四野沉寂如墨水（组诗）　　（河南）徐福开
030 在一场躲春里开笔（外三首）（山东）周　永
031 一念花开（组诗）　　　　　（黑龙江）张永波
033 落日圆（外四首）　　　　　（湖南）郭　辉
035 寻牛记（外三首）　　　　　（广东）林水文

上海诗人自选诗

037 路上和案上的札记（组诗）　　　　　喻　军
041 鸥鸟和我的遐思（组诗）　　　　　　赵康琪
044 吐出芽的词语（组诗）　　　　　　　严志明
046 老街的生活元素（组诗）　　　　　　李金生

049 春天的另一种叙事（外六首） 乐 琦
053 守诗情（外五首） 梁志伟
055 行旅中的凝眸（组诗） 杨朝宁
059 在一朵星云里眯成子午（组诗） 弘十四

散文诗档案

061 敦煌书：三只青鸟（组章） 耿 翔
065 我是我自己的听众（组章） 马东旭
068 云世界（组章） 伊 人
072 隐秘的约定（组章） 周园园

特别推荐

075 铁树影子（组诗） 小 语
078 嘉木在绝壁（组诗） 李庭武
080 坐在月亮的对面（组诗） 杨瑞福

序与跋

082 故乡已恍如天涯 杨斌华
　　——兼评张年亮诗集《行吟江左》

诗坛过眼

087 "无技巧"的本质
　　——许廷平诗读札 王 云
091 《秋月曲》：一条智能化时代
　　古典写作的隐秘水路 宋 朝

浦江诗风

100 落叶与落发（外三首） 牧 野
101 星际牧场（组诗） 张春华
103 如一纸无辜的信笺（组诗） 杨 华
104 人生的能见度（外一首） 北 草
105 在电话亭，他睡着了（外一首） 丁少国
106 雨 水（外一首） 李海燕

诗海钩沉

108 王统照的诗及其他 韦 泱

诗人手迹

封 二 张 况

读图时代

封 三 刘志文 摄影/配诗

推荐语

　　天生万物，各有其用，这个用并不是只对人而言，读者最怕一首诗读完了，里面却没有作者本人，始终在复制黏贴别人的，这岂止是无意义，更是徒劳。而梁平所有的诗总是与自己紧紧相扣，他就像一棵参天大树，所要描写的都是这棵书上的枝叶，它们与他总是血脉相连，这是他的诗之所以感染人的重要因素之一。他的组诗《把食指竖在嘴唇中央》，通过诗人深沉的视角，引领我们进入诗人语言所创造的世界。在这个世界，那些熟悉过又远去的生活场景，像涨满的潮水，从我们的记忆中盈满而溢出，重新有了新的意义和鲜活。

　　情节的完整性不是对生活一比一的复制，而是表现为情节因果的完整性。第一首《一条鱼今晚在我这里过夜》，这条鱼今晚为什么要来诗人这里过夜？有预谋的残缺与刻意留白便成为一种诱惑。"显"和"隐"的互为交替，被诗人插进文本的罅隙后，抵达了潜在的完整性；往事不去想它，是冰封的，想它时，就是一条解冻的河流，翻卷起的浪花，抑或波涛，任你怎样也无法按住。第二首《露天电影》，将童年看露天电影时的乐趣，再现在读者面前。这些记忆经过诗人的再书写与重新拂过，有着说不尽的余味和温情。让人情不由衷地感叹：一个人的童年，最好在乡村度过。在一定意义上，城里孩子是没有童年的；如何将琐碎的日常生活挖掘与提炼出来，达到美学中的典型化，有时比骆驼穿过针眼还要困难。第三首《远去的兵工厂》，从时间里跳出来，逆向而来，绵亘着那个年代所独有的浓郁的生活气息，有着人生简谱的幸福："一个远去的词埋伏在身体里，/ 靶场、围墙、哨卡和高音喇叭，以及 / 第一个证明我身份的家属证……// 男夹克工装和女背带裤，很时髦，/ 节假日街上一个来回拉风，/ 梨花压了海棠……"；怎样将生活的真实进行抽象与赋形。关系到一个人对生活和人生的体察与觉知的深浅。第四首《自力更生》，诗人将难以辨识、相互缠绕的生活显现出来，看似没有情绪的旁观里深藏着对现实的剖解。"……必须崇拜我的食指。如此温文尔雅，/ 又如此隐忍，以微笑面对时间，/ 等待伤口上的血结痂……"第五首《把食指竖在嘴唇的中央》，是对境遇的沉吟和倾诉。诗人以食指为因，然后引出果，别出心裁的想象，内敛而丰盈的表述，超越了语言所要表达的蕴含。接下来的《在陵水读诗》、《弥苴河》、《蒙顶山与采茶女邂逅》、《天眼之梦》、《冬至，煮一碗面条》五首诗，读者在阅读的同时还要学会倾听，因为所有的文字，唯有当阅读停止时，交流和倾听才能开始。

　　有人说：诗是活出来的，不是写出来的。你活到那份，你才能写得出来。梁平的诗就是活出来的。他的诗既淡定、沉稳，又温和明朗，有着时代的潜力与重量。特别是当下，很多诗人喜欢运用大量修辞时，他却惜墨如金，从而使得他的文字时时散发出一种藏香，并成为读者修心的地方。

——孙　思

梁平简介

　　梁平，当代诗人、职业编辑。一级作家、享受国务院政府特殊津贴专家。现为中国作家协会诗歌委员会副主任、中国诗歌学会副会长、四川大学中国诗歌研究院院长、成都市文联名誉主席、《草堂》诗刊主编。

把食指竖在嘴唇的中央（组诗）

梁 平

一条鱼今晚在我这里过夜

江湖面带愧色，
一条鱼今晚在我这里过夜。
可以肯定走的不是水路，水已稀缺。

江水见底了，
我写过的江水人间蒸发。

屈平先生在下游问天，多年以后，
还在问，没有问就没有波涛，
鱼翔的浅底很美，很虚拟。

我的孙女命里缺水，
我现在明白这是隔代遗传。

云淡风轻好难，鱼上岸，
也是奋不顾身。河床龟裂，石头裸露，
绝非七秒健忘的记忆。

一条鱼来我这里过夜，
这一夜，我知道我会继续悲壮，
用完身体里所有的水。

露天电影

这是年代记忆。
电影院一张电影票，牵一个女孩的手，
出来满面春风。更多的人只能想想，
太过奢侈。

露天的乡村晒坝，厂区篮球场，
标配一块大白布和高音喇叭，
如果有星星和月亮，浪漫可以朴素，
可以耳鬓厮磨。

地道战、地雷战、南征北战，
百看不厌，遇上激动人心的时候，
满场集体吼一句台词，
还以为每个人都上了战场。

露天的电影小孩总是无辜，
站着被呵斥，只有蹲在银幕的后面，
把自己看成左撇子，左手夹菜左手打枪，
长大以后才知道行左实右。

我看过的露天电影记住的名字，
南霸天、座山雕、八姑、古兰丹姆，
男的都恶贯满盈，女的也坏，
但是漂亮得让人不能忘记。

远去的兵工厂

一个远去的词埋伏在身体里，
靶场、围墙、哨卡和高音喇叭，以及
第一个证明我身份的家属证。

三线建设的第三线，线条清晰，
卵石和水泥混凝的形象，很硬朗，
墙根的野花，白得干净。

男夹克工装和女背带裤，很时髦，
节假日街上一个来回拉风，
梨花压了海棠。

子弟校同学没有互不认识的母亲，
张妈、王妈、赵妈、梁妈，
喊久了，那些妈忘了自己的名字。

我爷爷那辈、父母辈、我这一辈，
我的晚辈、晚晚辈，上下五世家谱，
装订三线成册。

一线基因，一线血脉，
一线梦里指认的日月星辰。一首挽歌，
在记忆别处回放。

兵工厂的词已经淡出，
机油、铁屑、火药的味道随风飘散，
渐行渐远的背影，带走了秘密。

自力更生

什么事情都自己做，
谁也不欠谁。书房里的花，
没读过书不知道黄金屋、颜如玉，
自己开得尚好。
南泥湾是个好地方，种南瓜、种小米，
种信天游、种好心情。我梦里的南泥湾，
种过我自己，山一样挺拔，

生猛、粗糙，都是斧凿痕迹，
找不到一树梨花可以带雨。
我把自力更生修炼成独家秘籍，
成为我的养生之道。
我的所作所为自己动手，
拒绝怜悯、逢迎和嗟来之食，
拒绝身不由己。

把食指竖在嘴唇的中央

嘘，把食指竖在嘴唇的中央，
拦截前后左右不良情绪。一匹马
乱了发际线，鼹鼠在台前正襟危坐。

一点点光，以浩荡的名声欺行霸市，
信号灯挪动跑道，股掌之间，
魔方旋转临时起意。

爆破音休养生息，瑜伽让所有的骨头，
软了，一杯过期老酒年份不详，
岁月蒸蒸日上。

必须崇拜我的食指。如此温文尔雅，
又如此隐忍，以微笑面对时间，
等待伤口上的血结痂。

一枚紫黑色勋章硬埋在时间里，
不是终结。时间和泥土一样真实、可靠，
过眼花落花开，保持静默。

在陵水读诗

读诗的时候，想你了。
陵水文化衫上的黑底白字，
与简朴的场地匹配，与人民匹配。

夜幕下的海开始涨潮，
音响、灯光、黑白海报、过期杂志，
自由出入低矮的土墙。

诗歌断句分行之后，
我是人民在这里听诗人朗诵，
我是诗人在这里给人民朗诵。

身份不停地转换让我茅塞顿开，
万泉河的呼吸，押韵不押韵，
都注定记住这个夜晚。

在诗人扎堆的地方洁身自好，
以人民的名义，甄别情感的真伪，
任何形式的装扮无地自容。

弥苴河

弥苴河在洱源妖娆了，
澜沧江日渐清瘦的身段，唐贞观二十二年，
成型。河床人工约束、泥沙淤垫，
河水凌空，与地面的落差，
九百年经典。

地上的河水位高权重，
随便庇护一棵树就是三百岁、八百岁，
滇合欢膝下葳蕤的一草一木，
都是亲生的。

源于水。古树群显赫的身份认证，
与水芹菜含蓄的欣欣向荣，
互为骄傲。一只穿花衣的水鸟叽叽喳喳，
走漏了弥苴河身世的秘密。

在弥苴河看见了人在水上走，
鱼在天上飞，河床下农家小院柴火灶，
煮沸的神话，一碗米酒浅尝，
也是醉眼蒙眬。

洱海30亿立方米蓄水，弥苴河
只是源头上的一粟，一阕如歌的慢板，
一缕绵长的荣光，清凌凌的水，
从来没有高声喧哗。

蒙顶山与采茶女邂逅

背篓里的山很柔软，
蓝天白云剪裁的布衣，发梢上的黄芽，
睫毛挑起的甘露，一幅水墨，
烟雨里。

指尖上的春风很薄、很轻，
掐下来都是叶子的模样。一滴雨，

绿了杯沿，采茶女飘然而至，
有人在半山读《聊斋》。

茶枝桠在野地招摇苦涩，
截至西汉，蒙顶山人吴理真打坐的禅，
从野生到种植悟出的道，
大行其道。

七棵茶树成仙，七个采茶女，
穿越两千年时空，与我不期而遇。
蒙顶山2380亩茶园、2380首诗魔幻了，
每一行都是绝句。

"只有绿茶才是茶"，我的极端，
以诗为证。采茶女报以莞尔，
掀起我落座的盖碗，
唇齿留香，比岁月绵长。

天眼之梦

一只眼看天，看天之外，
望远的射电追踪光年，地球人打探宇宙，
绕不过这只眼。

银河系流窜的无线信号，
以及发出信号的智慧生物，行为轨迹，
历历在目，锁不住。

太顽皮了，那些捉摸不定的非人类，
也有一只、或者亿万只眼盯着我们，
地球是他们的谜，我们也是。

可能他们比地球上的人类更高级，
怎么称呼自己，怎么称呼我们，
所有猜测，或者自以为是都是徒劳。

外星人是我们给他们取的名字。
人类心旌荡漾了多年，比如天空飞碟，
也许就是他们失手的玩具。

像我们年少玩过的陀螺，只不过
他们玩得太大了，就算是任性、失手，
也不会让我们捉住。

想知道他们身高和体重，生活日常
有没有霓虹、高楼、砧板和鱼肉，
有没有鸽子一样的飞鸟。

如果有一天他们找到了我们，
我们的接待该有什么规格和仪仗，
想到这些有点紧张，有点头疼，天亮了。

冬至，煮一碗面条

太娴熟了，以至于想破坏操作的程序，
水温远离沸点，面条下了锅，
一个冷噤在水面打漩，
抒情有点僵硬。

我也不明白为什么要这样，水很委屈，
面条也委屈。我
在它们的委屈里一意孤行。

拒绝外面的热闹有些日子了，
关心自己的饮食，关心起居的顺理成章，
有了一点点逆反。

冬至大如年。饺子、汤圆，羊肉汤，
赴汤蹈火。我还是守望面条，一根一根
整理一年的心情，软硬兼施。

世界动静大，美国总统换了，韩国的被弹劾，
俄乌那边战事还没有停下来的意思，
一个锅里煮得乱七八糟，我的面条，
已经稀里糊涂。

桃花刷新了尘封的黄土（组诗）

胡 杨

一百四戈壁

那个可以描述村庄的戈壁
在整个冬天，大风都藏在
红柳枝上

一下一下
抽打着阴冷的阳光

几辆毛驴车
挖开沙子里的月色
一根根装车

一百四十里的颠簸
像有一根线牵引着
歪歪斜斜的辙印

一滴滴掉下的汗
落在牛辕，迅速凝成冰粒

这时候，村庄的炊烟
近了

牧 者

这一片原野
都在脸上了

看见他，就知道
春天，来得迟了
雨水，都在半路上

干旱的沙粒间
埋着咩咩的叫声

当一场雪落满戈壁
满世界的羊，才起身回家

黄 昏

火车拉动了
更广阔的草原

马，赶着
火一样的夕阳

黑夜从山顶泄漏
如淹没一切的洪水

羊群还是在半路上
撒下零星的咩叫

飞驰的车窗
灯光闪过平坦的路
被它一瞬间带走了

沙 湾

风栖息在这里
像蝴蝶一样鲜艳

水，像月色漫过来
追上了跑远的草

仓廪外溢，像沙子
整个夜晚，顺手抓到的麦粒
越来越多

春 天

第一朵桃花
就刷新了尘封的黄土

后来一只鸟的叫声
越过残垣，立在树梢上
像一片翠绿的叶子

背阴处的残雪
悄悄融化了

燕子找到了旧宅
去年的巢穴，完好无损

黄花岭

羊爬上去了
马早就立在崖畔

所有的雪，堆在山顶
而雪的光，却返照在山岭

它只分离出其中的金黄
像永远驻留的阳光

让那些羊，让那些马
有了回到草原的嫁妆

在山丹草原看见长城

这一片油菜花
铺开了夏日的阳光

这单色的画幅
用尽了油彩

这黄金的闸门
怎么会是这一堵老墙

油菜花簇拥着它
像是一个老皇帝出行

芨芨草

粗粝的石头
举着纤细的芨芨草

一天天，寒暑雨雪
石头裂开口子
碎了

一天天
芨芨草守着，石头的天空
像一根根钢刺，不让那低垂的天
阴沉沉的天

塌下来

天空向高处
退了退（组诗）

马启代

写在霜降

是在变冷。在可以预见的日子
今天，是最温暖的

趁着仅有的一点光
完全黑透之前，我一直握着笔

春夏都写了，冰和雪要继续写
我始终关注着一滴水的生死

是的，我体内的大海正翻滚着
文字与血不会结霜

水也有骨头。它们站在野草的肩头
坚持用白对命运说："不！"

在白革村

这里的红豆杉、枫树、钩栗树都是神仙
几百岁、上千岁竟然也不白头
刚才它们一定在玩游戏
白革村就是它们唱歌、跳舞的广场
我们贸然闯入它们的领地
它们一定是惊慌中变回了树的样子
有的还未站稳,树冠还在摇晃
其中有一棵,还向我调皮地眨了眨眼睛

假如我住大士庵

形似莲座的石头还在,还在
巨岩的怀中
支大士已经不在
竹海环抱的庙宇不能叫庵

叫庵时支大士还在
没有敲三次需要十元的大钟
也没有仁义礼智信的广告
更没有值班表、网格员

幸好,华东第一泡桐没有走
这种马鞭草科的树
与我这姓马的人性格相似
防腐,防蛀,不翘不裂

假如我住大士庵
就与这棵树结为兄弟
每当人间月黑风高
就唤醒沉睡的万物饮酒唱歌

在西湖岸遇到老乡武松的墓

风景很好,不知灵魂是否孤独
路见不平出过手,也出过家
终于在这里不想走了,也走累了

你杀过的昏官,依然活着
仅凭打虎的蛮力,打不出清平世界
忠也好,义也罢,都大梦一场

我是来自二十一世纪的后生
我知道,遁入的空门早已经关闭
唯有在红尘中顿悟
妄论忠于什么,该对什么义气

没有断臂的我,已经丢掉前半生
六安寺还在,住持已不是故人
我不会投湖,更不会出家

风物的美抚平不了时间的内伤
湖面看似平静,却静水深流
您在此长眠,是否能让妖魔鬼怪三思

我抓一把阳光,搓了搓额头

——醒来的田垄一定是能走远的,
  一定能从苍茫中
拉一条山脉放在我面前

借着晨风,我抓一把阳光,搓了搓额头
搓掉那些名利的灰尘

——此时,天光重开,笔下浩气盈人
我与山川一起抬高了头颅

春天,正唤我回去,一场细雨,几声春雷
等在齐鲁的上空

——我爱山东,爱那些未被阳光照到的人
为此,我为山河备好了最温暖的名字

泰山落日

——冰凉了,我所见到的最冷的火。
  你伸手去捞
不如揭下石头上那些发红的名字

……疼就疼一些吧

我拣起母语的残肢断臂,统统放回了经典
除了黑,诗中还抖出时间吃剩的雪花

春天某日,独坐英雄山

山不在高
我一个人坐下,就可一览天下

摆摆手,天空向高处退了退
那些想接近上苍的高楼

又矮下去几分

上山不是通天的路
脚下的石头,都是人的骨头

那些居无定所的阳光和风声
我准备——收留

并准备指证太阳种下的阴影

冰雪的定义（组诗）

（北京）刘福麟

好听的雪

天空是听来的，苍茫也是
用听觉的时候，雪花是白的

收好眼睛，放在窗下的
一朵梅花上，用双手托着腮

泥炉的炭火亮到透明，梅的影像
扑在窗口，香可以让耳鼻相通

雪，轻盈的挪动，一瓣跟一瓣
梅花是轻轻打开的，雪也是

两个热恋的年轻人，在咖啡屋里
侬偎私语，雪也是

沐雪的巢，沐雪的鸟儿，它们
相拥而眠，雪是温暖的

另一个你，走出屋子，广阔里的
韵律，以清冽的弥漫向你靠近

师傅的雪

师傅肩头那么硬，雪那么软

雪是可以凛冽的，一旦碰到师傅
雪就收回它的气势

师傅却不，他的斧子，他的锯
他在山林横生凛冽

我拜师那天，雪也跪着，它那么
顺从的盘旋在师傅脚边

我举一碗酒，大岭举一把燃烧的
松明子，大雪举着师傅

——师傅举着
大兴安岭上的一只雪鹰

清　雪

从大片的雪花里抽离，从大片的
迷濛抽离，在冬阳清冷时她出现了

以细碎的颗粒之状，攀附于枝头
在白桦林以纯粹的意境闪烁

读它，像读到描写女子的文字
清冽里的温情，只附于耳郭

它自带分行的节奏，在岩石上
跳跃，在苔藓上呢喃

在鹿鸣的短促里，那耀眼的
声波，点亮大岭的眼睛

如若在她落地之前捧住
它的光就是你逼退黑夜的剑

头道岭

过了头道岭还有三道岭
如果不熟悉冰雪之路，请下马缓行

一匹马是过岭的必备，它打的
响鼻，或仰天长嘶，那是一种宣言

云在头道岭前踟躇，有几朵在岭下
张望，像过岭的人卸下的辎重

山鹰尖锐的叫，它巨大的翅膀下
小鹰像断了线的风筝

师傅脚扎铁爪，一柄开山斧劈在
头道岭上，三道岭从底部向上颤抖

沐雪女子

在岭下安家，在岭上沐雪
女子把自己装饰在狐皮帽子下面

她不躲冰雪，不惧北风从北部
横过来的锋刃

她吼一声，大雪会裂开一道
口子，冬阳乘机下来与她约会

在山崖上，在道班上，在森林的
木屋里，她以篝火燃烧寂静

大岭人追光而来，把爱托付给
沐雪女子

小镇的踩雪声

听起来并不喜悦，涩滞里的
迟钝，像一种爬行动物陷入深谷

小巷藏在阡陌里，乌鸦啄去
身上的白，还给大地

女人站在院里，向两掌之间哈气
她的脸颊是冬天里的花

天空努力升起来，升到峰峦
之上，把一幢幢木刻楞房子压矮

又一阵杂乱的踩雪声里，孩子们
涌上街头，山谷里腾起一群野鸽子

冰雪的定义

有一种烧灼，不存在温度的
意义，它杀伤对冰雪的恐惧

那是火焰状态的另一种解释
在岩石与树木之间形成默契

整个季节都被它占领，任何
液态都将在一瞬间凝为化石

开山人的勇气与力量在对它的
抗衡中，获得天地间孤独的能量

他们的精气，来自于大岭深处的
滚烫的溶岩之力

冬季蓄势，春季勃发，一万顷森林
一直翘首以待

冰雪，是一种永恒的事物
在地底，在山岩，在群雕的记忆里

雪从牧鞭上来

（外五首）

（江苏）陈 实

日历空旷处一片雪落下
一只刺绣猫从护膝上跳开去
在苍耳刺尖捕捉零零碎碎的
阳光，晌午温暖
倾泻在一排篱笆前
苔藓仔细梳理从我身上
透过的光线，光亮
从我脚边由近向远蜿蜒

望湖山一座，横山一群
一近一远意味什么？如果
明天大雪。我去放牧
这座山是只雪色的兔子
那群山是一队银色的狍子
无边的雪白心思，在山顶还是山崖
被不明确事物探出了
尖啸的北风

在丘陵缺乏羊群的年代，我心有牧鞭
雪从牧鞭上来
把黑夜甩成雪白
把白昼甩成雪莲的盛开
由远而近，响亮声聚落时

让我从日历上探出了
寂静的阳光，准备甩给我
一生中奇异的光泽

雪的凝视

从书里下出来的雪，抚平我胸中
一路的崎岖，风
丢下窸窸窣窣的翻阅声

闭上眼，白光里生出彩虹
南天竹的红果
在江南的一隅，多么想采摘
虹的瑰丽，把雪挡在
孤独的枝外

今夜，星星用雪色
捎上一程，我要赶在雪融化之前
找到雪原上的惊雷
它不可能知道，寂静是它带来的

雪片停下，一页书的文字
开始咀嚼，雪粒的意念
它的白，凝视着
没有一粒尘埃的土地

白羊、黑羊和雪

一只白羊，和一只黑羊
在小山坡上

你望着我，我望着你

和天连在一起的高楼，互相凝视
用犄角，挑破了天空

梦里的那场大雪
纷纷下在江南，我的籍贯
也因为雪浩大，改成了北方

于是，我嗓子变得雄浑
我在呼喊绿色藤蔓
缠缚的脚步，是否把我站成了胡杨

咩咩咩的羊叫声打湿眼睑
远处的高楼大厦，如果是羊圈
那么多雪花的梦，会不会空空荡荡

午夜，我翻阅阳光

紧抱光束的一片枫叶
涨得通红，与我撞个满怀
似乎听到一声你好
像金色光芒在我肉身篆刻
叶脉与血脉
相互编排、印染来路与去路
冬天放下所有的包袱

午夜，我合上克劳德莫奈的日出
停下断章的轻诵
那通红的枫叶，在胸口多了一些

成熟的消耗。挂在天上星星
又掉几颗，像枝头挂着的果实
一眨眼，落在尘埃上

从这摇曳的光线里
我捕捉了许多名词、动词
和可以辉煌的形容词，积章成篇
在午夜，将一页页阳光
拔出针芒，更换我新的皮囊

老桑树之诗

老桑树立在秋风里
吹起了口哨
骨节突出，悦耳的调子
在四野里响起和声

稻穗头往下低，笑脸
却怎么也藏不住秋的征服之心
玉米列队，就这样
把饱满和成熟带到人间

鸿雁、东方白鹳、小天鹅
眼望南方，整装待发
和老桑树在田野取出道别的云彩

这叫，怀里秋风漏山
老褐色，橙黄，柿红
一泓潮水倾泻，空中湿漉漉
沙啦沙啦，田埂上跳起了秋舞

我知道，老桑沉默无言
深入泥土不挪开一寸
喜鹊吱喳，不愿离去
羽影描画成一树新枝叶
我回头，桑树挺直
又重现父亲的直立，在他的桑田

午后的一片树叶

一片树叶，落在灰瓦上
稀疏的阳光
点着了一个下午的岑寂

躺在野花蕊中的小兽
从不搭理拐上弯路的柳絮
时而快活地在追着风
时而悬在空中
像一朵云的凝固

直到，树顶上的乌云开裂
闪电进入树干
一截雷鸣，把千种经纬线
定格在
我们热爱的虚空里

小兽的一片羽毛，从我的眼前
迅捷消失
我的一片树叶，在这个午后
才更接近于
泥土，湿漉漉的气息

秦岭的神韵（组诗）

（陕西）张林春

雕塑艺术园

在这里，最不缺少艺术
泥土是艺术，石头是艺术
一些废弃的金属是艺术
连光线，折射的影子也是艺术

在这里，速度始终追不上
历史的脚步，触摸星河
光阴碎片填充思想
聆听，风和群山的对话
天空飘落的雨滴
倾诉云深处的心情

在这里，终南山
布谷鸟悦耳的叫声
滚落一串春天的秘密

匾额博物馆

一群从三秦大地里
钻出的树木，立起身子
走进高低起伏的南山

多了一些抑扬顿挫

它们听惯了关中老腔
吃惯了秦川油泼面
喝惯了五十三度的华山论剑
几百年来，风雨从没有变

各式各样的匾额
无论阴刻还是阳雕
在华夏的词海里
都是老祖宗留下的家底

蔡家坡美术馆

山村很静，很美
四处传递春天的消息
塬上牛的响鼻，惊醒
映山红火焰般生长

蔡家人种菜的土地
长出一茬又一茬艺术
现实的，浪漫的，印象的
抽象的，写意的，工笔的……
思想沉浸在一片田间

在美术馆，关中的诗友
涌颂秦岭群山的神韵
来自陕北的我，信天游
吼出黄土高坡的心情

银杏树

秋日早晨，马路
满地金黄色的落叶
奔跑成故乡的秋天
站在路旁，我像个孩子
仰望枝桠圆润的果实出神

脚步，停留在儿时的记忆
石板小街被油马路更换
远方赶来的一场雨
穿过岁月的影子
全力回想流失的光景

满头花发的我，弯腰
从草丛里捡起一粒
时光弹丸的玻璃球
熟稔的情景
瞬间明亮起来

周末的午后

雨没有来，风先到了
灰喜鹊的翅膀紧贴树梢
几片落叶，没有方向
也没有目标，像一只猫
不紧不慢，打着哈欠

金色的银杏树叶
早于风察觉到秋天
地上，听懂天气预报的蚂蚁
无序蒲伏，把黄昏拉回

雨。直到夜浓还没有下

一棵枣树的命运

二叔家的硷畔上
长了百年的枣树
砍倒了。断裂处
一圈圈年轮，像
张大的嘴巴
有好多话还没来得及说

枣树的身边，一直
守护的二婶娘
不停地提醒帮忙的乡亲
慢点！小心！

话语里带着一种内疚。谨慎

一棵百年老枣树
就这样，顷刻间消失了
二叔独自一人，蹲在
先人栽种的枣树地
抽了整个一下午的烟

葡萄熟了

春天，温暖的季节
搭起藤架的情愫
心头缠绕生活的枝蔓
阳光。雨露。滋润
一嘟噜一嘟噜的情话
贮藏在心底

成熟的季节。日子
晶莹剔透，玲珑多姿
一串串绿翡翠，红玛瑙
甜了黄土高坡的云
醉了饮马河的鱼

暮色降临（组诗）

（湖南）梦天岚

烤火的人

帐篷里烤火的人没有起身，
外面下着雨，他们说着话，
他们说他们的，雨说雨的。

暮色像个老头，吸烟，
在帐篷外徘徊，沉思。
只等夜伸手过来，它就消失。

炉火会因此烧得更旺，
能看清那些映红的脸。
他们所说的话，才会和雨声，
更紧密地融在一起。

晚　归

水柳树分立两旁，
它们在晚风中不停摇晃。

天空一点点矮下来，
一头公牛走在回家的路上。
它埋头，鼓着一双大眼睛，
前面的光都躲着它。

核桃树上

那群乌鸫聚集在核桃树上，
我认识它们
其中的一只偶尔也会看我一眼。

它们现在都去了哪里，
连同它们的叫声——沙哑，粗钝，
这掉落一地的核桃壳，
留下刀刻一般的纹理，
被捡拾，被抛掷。
被碾碎。

老地方

一树梅花还在，
这雪中的炭火快要熄灭。

那个拢着手呵气的人，
跺了跺脚，正从树下离开。

站　台

你等的人不会来了。

这期间飞过两只乌鸫，
又飞来一只麻雀，
它们曾在同一株树上叫唤。

遇见宋朝的自己
（组诗）

（浙江）费一飞

西湖边

在西湖边的暮色里
我停下脚步，等南屏晚钟
从水上传来

湖里的两只鸳鸯
也不游了，它们在侧耳静听

雨落在荷叶上
紧紧抱成一团，凝神屏息

经过多少年，钟声一直没响
一些人走过，一些花飘落

只有湖面，辽阔而朦胧
千年不变

天目山

在临安，拍天目山时
一只鸟闯进镜头

远处的塔尖，
有一朵黑色的云停在上面。
你还是忍不住回头，
末班车留下的站台空了。
如一封绘有灰色插图的信纸，
不着一字。

往　复

你赞颂过的事物都在这里，
现在它们将被交付。

天空给它们蒙上灰色的毡布，
大地将搬运它们，
向着可能和未知。

它们将葆有自身的光泽，
穿过即将到来的黑，
让所有的失去，只是暂时。

叽叽喳喳，不依不饶地
说出一堆碎语

说那山，那景
自古以来，是它的

富春江

沿富春江往上走，须抬头
才能看到江花的深远
落日掉进江里，溅起五彩光阑
走近去，如走进一幅画

梦境般的感觉
让慕名者们，做了一回神仙

面对一江绿水，我俯下身
对一条鱼说，爱一条江
不如与你一同畅游

青山湖

在青山湖
我掬一捧清水，其实是想
掬起水里的月亮

捧起时，月亮和水一起
从指缝间，一点点漏了下去

这时，风轻轻走来
拍着我的肩说，月亮是大家的
你不该起贪念

在放鹤亭

不遇林和靖
鹤也飞走了，几株寡淡的新梅
还沾着残雪

但可以遇见，宋朝的自己
穿过清风，身着长衫
手握一卷书

满腹词语，正从口中
缓缓吐出，渐渐盛满
自己的放鹤亭

守 村（外三首）

（安徽）李晓光

村口那个老人不见了
他把土塘李村侧身
让给了我们

我的兄弟
从城里运回一堆词藻
在五叔的旧居上
铲去一些生锈的光阴

东屋进西屋出
五婶在儿子打下的江山里
门前栽树 院内种菜
时刻等那些归来者

村口的钻天杨
怎么也弯不下腰
它把自己站成了
唯一的守村人

说谎的男人

那个十几年前说谎的男人
中学刚毕业，就进了城
去另一个地方编织谎言

在城市这块习字板上
他把自己的名字写得歪歪扭扭
像乡下那些扶不起的庄稼

遇到落满灰尘的同乡
从不提及过往，谎称自己
是八辈子的城里人

不管他的样子，多么像水泥缝里
一棵直不起腰的庄稼

赶路人

人至中年
开始收敛所有的锋芒
内心的那团火
熄了再燃
半生都与自己的战马厮杀

月光磨石
小河低了又低
一生都在与石头较量
流出了山的高度

石头的坚韧

他隐于尘世，心有长河落日
直到日月，磨出星光

退　　让

表叔退休了
一家人回到乡下
孤独多年的大婶
把自家的小独院腾了出来
像是让出了自己的整个身体

表叔一家人过起了乡下人的生活
大婶进城干起了环卫工
为那些认识的不认识的城里人
打扫着去路

两家人
各自过着别样的生活
相互羡慕
而心，越走越远

四野沉寂如墨水
（组诗）

（河南）徐福开

抚摸冬天

冰结在哪里，手就伸向哪里
这样，方便把温暖散开
把情愫的颂词植入
不同地方的更多土壤
用浅浅的欢乐，融化寒冷

触及了坚硬的石头
和赤裸的声音，一条河的小悲哀
偷偷在心中制造凹凸
如此，忽然就有了警觉
醒了提防的念头

雷声，在鱼的腹部激荡

这是什么季节呢
我用尽眼力
用尽眼眶里装的智慧
依然分辨不清
三月吗？不像

十月吗？也不像
我只听见了，真真切切的雷声
在鱼的腹部激荡

远方的号角
仿佛在讲述一个故事
静止的山脊上，昨天点燃的歌音
依然明亮

四野沉寂如墨水
不肯把酝酿已久的书写
展现给一张白纸

好在，鱼的腹部
尚且有雷声，激荡的过程中
长出了翅翼，带着我的冗赘肉身
重新温习飞翔的姿态

吻之痕

我无法拒绝
天空和海水的蔚蓝
对一道吻之痕，悄悄地涂抹

无尘的夜，记忆在复苏
朝着吻之痕存在过的地方
以细碎的脚步奔跑
越过终点线，就是前世

一只孤独的翅膀
不言不语，在那里等待
并且虚构，一场热烈的相逢

沿着血液的方向

行走。一步步向前
身后留下长串的故事
只把脱落的羽毛
一片一片捡拾干净
腾出了空和辽阔
重新安放另类的秩序
对一些熟悉或陌生的事物
进行排兵布阵

血液的方向
指引的欲望无比强烈
声音是红的，也是热的
带着我心中的想法
朝前冲

突破季节的防线
删去一切阻拦的杂质
为风雨加持温度
为薄而透明的河床提供坚韧
来路和前途
都被一种裹挟所装点
又被一种覆盖所映衬
成为不同于既往的生动

在一场躲春里开笔（外三首）

（山东）周 永

调好墨，铺开宣纸
隔开世俗，去想春的用笔

窗外，风在梢头穿梭
我提笔舔墨，落下一笔
划破夜空，再落下
点亮春的眼睛和期许

每一个字符，都是破土的种子
在白纸上深挖、蔓延、扎根
墨香弥漫，与夜空的星月呼应

直到在这场躲春里
完成我最终的修行

兵马俑

这是一支远古的雄师
泥塑的身躯，尘封着尖锐
藏着不朽的魂灵
每一尊，都是扛着历史的巨人

工匠的刻刀，除了雕琢灵魂

灯火谣

有灯火在，村落便没有伤口
人群中便没有裂缝
嫌怨消失于词条的根部
大山深处的记忆，只有温暖

冬日，白雪的围困
如一张薄薄的窗户纸
轻轻一捅就破，就露出春天的萌芽

苍穹的星辰，呼喊着光芒
灯火，成为村庄的诗篇
眼眸所拾取的意象
纹路细腻，拒绝了粗糙

还赋予他们，独特的面容和钢铁的意志
手中的戈矛，一旦唤醒
将踏破苍穹

白马山的金戈

白马跑累了的白马山
时间不好推算
只知道，在我之前
白马在山上已散养几千年

这段记载，可以推到秦汉
或再往前

金戈铁马的石碑
虽然斑驳，却不失光芒

风在山谷间穿梭，山梁蜿蜒曲折
路过的每一块石头
都在寻找自己的兵器和护身符

在山峦的转角处，战士走过的地方
都写满了"英勇"

留　　白

书写的空间，笔锋穿梭
留白处，撒尽万朵桃花

每一处，都是生命的
状态和语言

一念花开（组诗）

（黑龙江）张永波

一年又一年

一年又一年
我该善待一下自己
不在乎粗茶淡饭
每天向生活过的城市
打个招呼

一生与一只蝴蝶相似
遇冷即眠，见花即飞
有时候也躁动和不安
甚至流泪。甚至
为一件小事而守口如瓶

躲在草丛里的白头翁

一个人和一群人
去望青山看北江
有水，没水的江湾，都走了一遍

开得凌乱又随意的花
看似无序，实则正沿着自己
内在的规律结出去年

白色的种子

躲在草丛里的白头翁
不是少白头,是它们摇晃的心思
正与人们叙说着
一个由紫变白的时光演变

它们将昨天的香气
用到了今天
——明年还会用

鸢尾花

鸢尾花,一个好消息的传递者
带着使命,在这无人的旷野
独自绽放

它不是被抛弃的风景
无需文字赘述,
它的存在,就是世界的真相

那些平庸与坍塌
在它的眼中,都是错位的风物

选择了自由与阳光
它的世界,没有抛弃与被抛弃

野 炊

风在林子里盘旋
像一张已不时尚的唱片
翻唱松花江畔的情歌

我们以一个简单,丰盛
又别样的进餐形式,
像风搬运来,一群幸福的傻子
把天空的蔚蓝倒进杯子里
等待白云
从我们心头飘过

风中的树叶,像旋律的音符
带着闪电,带着初夏的鸟鸣
在我们耳边,响彻

蓬蒿菊

在秋的画卷里
我怀恋蓬蒿菊的温柔

野生与驯养
在秋的绿皮书中交织

金子的质地
映照着半生辛劳的容颜
让疲惫的心灵
得以轻轻叹息

落日圆（外四首）

（湖南）郭 辉

迟缓着，将落未落
山峦在燃烧，天空更为开阔
为什么众多的麻雀
会一齐向着西边飞舞
并且纵情叫唤
而狗尾巴草都把唯一的指头
往高处举着，晃动着
是不是感激上苍
为之涂上了生动的胭脂
更离奇的是
柳溪水左边浅黄右边淡绿
于落照中曲折蜿蜒
鹅卵石闪烁，看不到半点阴晦……
这一刻我走在
返乡回家的路上，我知道
母亲已倚门等待多时
我还分明听到了
她病中的长咳——
咳一声，夕阳就颤一颤
咳一声，夕阳就矮下去一寸……

平 复

母亲站在粑粑橙子上
一边动手一边说——
扁豆荚开出小紫花了
最高处的芽尖儿，要掐掉

母亲手若痉挛
抖抖索索。三枚灰指甲上的阳光
像心情一样豁亮
她不像是在掐着芽尖
分明是从虚空，抽出了淡绿色的绸丝

每掐下一枝，她就舒一口气
眼睛就眯一下
仿佛是为这尘世间
终究有了属于她的一份杰作
而沾沾自喜

"最高处的部分
往往是多余的部分"
她没这样想
她忽然想到的是小孙子那个
又温暖又好听的名字
——平复

门 坎

母亲的千年屋
封存多年。一打开就闭合了
——母亲搬进去后

黑漆漆的，一端搁在
堂屋内，头朝着柳木神龛里
小小的菩萨

另一端搁在堂屋外
脚对着夕阳
沉落时的哀婉 之痛与苍凉之慨

风从楠竹林间
多年才开一次的竹花旁
吹了过来
供桌上的长明灯
摇摇曳曳，闪闪烁烁，是不是
母亲留给儿女们
最后的眼神与无声的叮咛……

生与死的距离
多么短呀，分明就是棺木下
横亘着的那一道——
门坎

花鼓大筒

总是站立在
一幕幕日渐旧去的戏文里
两根弦子
拉出了那么多悲欣交集
那么多沧桑
至今还是舍不得分开
甩水袖的女子
一生都在弦子上走
每一段唱腔
都如泣如诉，如梦如幻

弦心互动——
终于由一匹狐仙演变为人
然后老去，然后
扶住花鼓大筒黑亮亮的杆子
做自己的一根
——沉香拐

洞市老街

马蹄就着雨花
把青堂瓦舍湿漉漉的记忆
敲进了
鹅卵石的痒痒处

采茶的女子
指绕清芬，如罗敷，如狐仙
在街面上走
一茬一茬，水色汪汪

做黑茶的师傅，赶马帮的汉子
走霉运走好运走桃花运的人
走着走着就旧了
走着走着又新了

街道如剪不脱的脐带
老招牌都有舍不下的前生
一幢幢木板房子
烟熏火燎，至今还没摊下来……

寻牛记（外三首）

（广东）林水文

风吹夕阳，越吹越低
再低些，整座松林压过来
丛林里颤动的荆棘丛
不知名的鸟声
暗影中伺伏的巨石
滚落在一边，来时的路淹没在暮色
雾气从远处赶来

父亲的鞭子高高举起，重重落下
母亲在黑暗中唉声叹气
牛是我们家庭一个重要成员
我曾看见过它眼眶庞大的眼泪
月光在天上奔走
我期待有月光降落在身上
顺着牛蹄印找下去

光线在树枝上晃了几下
一个人循着牛蹄印辨认方向
蹄印一只只越走越远
在松林处遇到割松脂的外省仔
他坐在松树搭的棚户里，点着松脂煲饭
松涛声阵阵，他用夹生的白话告诉我
沿着蹄印一定能找到它
他正在摆弄一台破旧的收录机

咿咿吖吖，荒山野岭
一头逃逸的牛右奔左突

扫帚星

黑夜空出的村子里，父亲的灯亮着
父亲大病之后
他比从前更容易察觉到黄昏的到来
还有几缕光线爬到屋梁上
他嚷着要打开灯

光悄无声息穿过一张薄床单
怪异的事情追赶他
逝去的人和事坐在中央，水中取火

睡着的村子唯一醒着的灯火
父亲说，他穿过一条条窄田埂
来往的夜风饮下橙黄的鼾声
夜晚渐软化，像雪糕融化
天空中闪着尾巴漫游的星子
像极父亲

黄　昏

炊烟的马匹在村子的天空奔驰
蚂蚁和老鼠们偷运粮食
白天消失的人又回来
一个比一个缓慢
最后的炊烟纷纷扬扬

盘龙塘的前面是沱村河
再前面是夜晚

鸡鸭们都回笼了，谁还在游荡
暮色很快地像布般厚重落下
阿松哥的牛栏昨晚倒塌
有人在张望
她呼回走散的母鸡带小鸡
四处奔走玩乐的小孙子
她身后的老屋已经倒塌了一大半
剩下的柱子正一根根地松动

母亲的菜园

菜叶眨动着露珠，豆藤顺着架子爬上去
在阳光初出的枝桠间开花

母亲指给我看，喏，那是我的菜园
"它们给予我的支撑"

北风呼呼地吹过山冈上众多的白骨
山冈上有父亲的新屋
给父亲新修的屋顶结着霜
山冈下一垄垄的菜地水鲜活流着
流过我和母亲之间的沉默

母亲弯身浇水，摘菜
白发拂过菜叶子，碰掉向上爬的蚜虫
呼啸的风中，他们都有着更高内心的秩序
天空盘旋着小时候见过的白鹤
 "它们都回来了"，母亲说
母亲一一指出菜名和隐藏的野草
像孩提时指给我辨认隐没的星辰

路上和案上的札记（组诗）

喻 军

大 暑

清凉无觅，即便经历一场暴晒
它也像是一滴墨
遇水即化，散发灵魂的香气
它那空性的表述
依然带着浓淡枯湿的笔性
力透纸背
只为无我的神韵

红尘中，它还像是一朵
消弥了凡圣的莲花
满含悲悯，植入人心
于移步换景之间
照见天光云影
运抵众生的慧命

夏季是浴火而生
向内而求的大境象
所有的动词，都被擦亮
所有的名相
都难敌酷热的剥蚀

和拷问的煎逼

我仰面天空
像是迎接一场盛大的灌顶

诸相离

乘色界的烟火而来
卜居的隐者用流水弹琴
当树荫盖没了院墙
一眼看出去,淡淡的菊花
在秋风里辞命

灞柳得见,罗浮一别
今又江南重聚
像池中的游鳞与飞鸟同在
一个着了入世的相
一个抱持出离的心

骑过白马也倒驾过青云
恋过酒盏也愁思过清影
没有诗意的栖居
现实主义的触感
不就是一个个冰冷的实体

是诗人永远的怀乡梦
延续着与神的交游
形同酷暑下的沿阶草和沙棘
那么微不足道
却让雪松和榉树成为它们的背影

冷凝

渐而有光,水变得透明
石楠与青木一齐圈禁了黄昏
合欢又流露轻佻的表情
一块雪白的石头
没有表情,像月下打坐的僧侣

此刻,纵有黑衣蒙面的攀墙
都与背光同向
纵有妙手回春,也无法修复
烟灰缸里
那些刚刚燃尽的故事

薄冰一样漂浮的晚境
顺着珊瑚树和野蔷薇蜿蜒下行
间有水珠和流云
为离去者的背影做记号
直至彻底隐形

有人焚香沐手
也不能降服内心的虎豹
有人空杯倒置,放下珠帘
于无声处
迎战时代的狂澜和巨涛

乱礁洋·文天祥

一叶孤舟,不知向何处投递
却缓缓进入了乱礁洋

此刻，大海蓝得出奇
空旷不着一字
白浪铺排着亡灵的气息

厓山是南宋的宿命
茫茫是歌哭的坟地
你途经这里，却没有着陆
或因海山的壮美
让诗灵附体
从一种特殊的语境中
表达你的悲怆
也传递你的决绝

死是触目可感的方式
而诗句
充当了最后的洒净

花岙岛·张苍水

好笔墨真如骨法再造
块石堆垒
何况它还会张大在词句中
溅落在霜刃上
直抵生死的咽喉

冷冻霜凝的明末
死魂镶嵌的冠冕
唯有平展如镜的海澜
让霁月成为案头的清供
直至烈焰高举过头

站在花岙岛上的你
才像一盏孤悬于时代的灯塔

真正不倒的骨架
不是凯旋门下那件
喧哗的斗篷
而是在败亡途中
把战马倒下的地方
认作此生的埋骨之地

相聚在一场画展

让渡三分春意
给一场画展吧
你看园中花影扶疏
观者依次进入
有个仪式也是必要的
弹词铿锵
能把茶色研磨得更浓
越调京韵皆可绕梁

就这样坐对满壁丹青
沾被时令之气
要说人间风雅事
不过是约上三五知己
游春、赏画或者夜饮
恰似我去年写下的藤本
如今紫英缤纷
张挂于壁上
殊可为知己点睛

绘 瓷

浆水四溅,在转盘的守恒中
一个个成为器形
只要凝神敛息
就能耳得流水之声
当釉彩斟出浓烈的美酒
均衡带来稳定的形式
造型随即成为一种修行
修成通体莹白、古色寒翠
修成冰肌玉骨
和不可亵玩的高贵

它从来不是
可以勾兑的技艺
也不是一蹴而就的图绘
君不见一切造设、人工
都得退居幕后
好让火浴完成
一场再生的洗礼

烟云居随想

不等春雨完备
我们就提前入山
不等烟云散开
我们就能认出伴源寺

从山上下来几个人
他们撕了封条
就敢为天目开门
什么雨水竹林、石头叠瀑
什么灵鸟飞虫
池鱼鹭鸶
都像是不可或缺的嘉宾

只是白鹤还在千里之外
像一面词语的明镜
所以相见有点渺茫
传来的消息说
昨已出发,现正翻越秦岭
估计到了落花时节
即可抵达

传 说

唐朝一轩书,宋代三分月
空尘中的往事
想来想去
其实都是传说

凡有点意思的事
都不用说破
所以诗说、词说
画说、戏说
好说、歹说
总之云遮雾罩
就是不能照实了说

鸥鸟和我的遐思

（组诗）

赵康琪

芙蓉楼之梦

今夜有梦。王昌龄先生蓦地轻轻敲窗
莫非他知我刚登过芙蓉楼

楼是重建，风格亦如他的诗
属于唐代。四角飞檐垂下寒江雨雾
还披在他孤寂的身影上

楼内厅堂，经典的平明送客情景
刻于银杏板材，线条里所填
亘久不褪色的颜料：石绿
将他的节操，常青于人世
他遥远的洛阳亲友，已无回音
唯有唐三彩壁画不分季节，为他绽放
水芙蓉、木芙蓉的高雅、明丽

当年的玉壶冰心，澄澈无瑕
是否被世风熏染？欲言
又止的他，终于问我
在这千年相约的梦中

夜访西津渡

他眼中，隔岸瓜洲的两三星火
被千年风雨磨砺成几颗宝石
镶嵌在西津渡的夜色里

待渡亭外无船，只有他的诗境
泊着那一钩不会变圆的斜月
干涸已久的棹声和船夫号子
在青石阶上游人的脚步声里
纷纷复活，回响

他的孤独与人流是古渡的二重奏
在他的铜像前踯躅
无需向他透露：长桥璀璨地拉紧两岸
夜航巨轮的汽笛，催发
追月的彩云、鸥鸟和我的遐思

任他的客愁，从唐朝至今
愈积愈深，成为流过我的浩瀚
恰好向他溯源

注：张祜《题金陵渡》中的金陵津渡，即镇江西津渡。

诵读龚自珍的孩子们

还是过镇江，浪尖与浪尖
挽紧长江和大运河，也挽紧你的

古愁莽莽和力透纸背的磅礴

独自承载的万马齐喑
从时间的对岸，穿过
课堂窗外一排挺拔的翠绿水杉
叩响一颗颗童心

向你乞撰青词的道士
早已失踪。你枯萎于混浊乱世的身影
在童声里渐渐清澈、鲜活
他们，第一次将你笔端
呼唤风雷的那道闪电
与课本里的诗行，捧在手上

渴望，把你久久堆积于
清癯面容的忧愤，琅琅地洗净

注：清·龚自珍写于镇江的《己亥杂诗（九州生气恃风雷）》七言绝句入选教育部义务教育语文教科书五年级上册。

秦淮源

出山的泉流，距离金陵古城
不过百里，但任凭向深处
也打捞不出六朝金粉的香影
或者，秦淮八艳的悲欢

秦淮源，履历简洁
如未入过闹市的山间少女

素面朝天，无需从古至今
用桨声灯影妆施寂寞
秋阳下满山斑斓，是它的
嫁衣，众鸟合奏
仿佛依依不舍的送别

"在山泉水清，出山泉水浊"
不顾古贤的劝告，从
危崖绝壁向山麓一跃
我的身影，瞬间沉浸于
她刚烈姿态的清澈

除夕的风

远方的风，一抵达除夕
就有了春的灵性，如发小那么熟稔
将一条回家的砂石公路
左右上下的摇晃、颠簸，变成
少年时一起欢跑的浩荡
连同沿途腊梅吐露的芬芳诗
麦苗铺陈的春色赋，都被它
热情地当作年礼，透过车窗的缝隙
一起塞进我的书包

乡路，早就变成高速路
除夕的风，却变成一个
冷漠的陌生人，将半小时的路程
绕成一个有密码的结
曾以笑声、呼喊和泪涌
解开，发现老屋

父亲贴的春联，母亲燃旺的灶火
在千山万水之外，暖我

过化工园区

这里，曾是姑母新娘时的家
苦竹里：代代相传的村名注定她
以锄头、镰刀锋刃的银光
在田野洒满苦尽甘来的渴盼

眼前，化工园区高耸的蒸馏塔和烟囱
喷涌不息的白色气体，将苦竹里
与后改的地名：新竹村
以及苦竹逢春的传奇，轻松地
埋入流云之中，被埋入的
还有映衬姑母当初秀美的婆娑竹影

早已生活于都市的她
在病痛中坚守暮年，记忆
却似风雪中的翠竹清芬
一枝一叶，从遥远的时间里
舒展开来，向我透露
一个古老村落抹不去的命运

流花路上，一个写诗的眼科专家
——忆诗友

他乡的花城，流花路
是一首诗的标题
拨开流淌的芳菲，面对
那些眼眸，是雾的阴郁
夜的迷茫，或风暴掠过草木
留下深浅不一的伤痕

如他推敲字词，营造意境
这些苦痛的眼睛
竟有了"诗眼"的质感，光
点点滴滴，从无数眸子
向他汇聚成一条春江的
清澈无瑕，然后
从他波光粼粼的心底，带着鸽哨的
穿透力，向晴空一路驰骋

那夜，从梦境打开他寄赠的诗集
抖落南国星空一片
闪闪烁烁，其中
有多少是他的抒情之作？

吐出芽的词语
（组诗）

严志明

迟开桂花记

秋末冬初吐出的花蕊，打开
那一个早晨的黎明，淡雅和清香是浸润
越过村庄的视线很注目

风霜苍雨的一条路
从花开放到花凋落
晚归的鸟把秋空压在翅膀下，叶子窃窃私语
树冠细密白花过日子，要比细流缓慢

你的举动被雨水柔软所动
浸润和挖掘无声的力量
斑驳肢体中，神祇主宰，夜晚吐蕊
有火焰的高度，幽香漫长

冷风吹乱，瘦弱的雨滴
只有站在高处阳光放下高傲
所到之处，花朵敞开胸怀
嬉闹着，它们翻出星亮嫁妆

我站在你树叶下
容易脸红
根须伸进我肉体深处
仿佛只有它们，触摸到从前温度和恩惠

望见大山的回声

月亮的大山，有些陡峭
空谷荡荡，月夜淹没绝壁抱紧草和树
古道上冲刷很多的石子更孤独

草木胸口起伏，回应呼唤
走出山坳的背影
是落荒野地，仅剩葱郁
填满空洞，坚守着清冷

峭壁之上
是远望托起的翅膀，回声
从岩石皱褶里遗漏出来
穿越山谷万丈深渊的绝壁围拢

野雁来了又去，一尾尾伏下风语
刻下岩壁上牵强藤的风情
岁月经年把日落赶进山
年轮的树跟着风雨长大

山谷底的石头所感动
矮下去的山梁放下高傲
回荡的声音
多么坚挺又明亮

野　草

整个冬天，那丛野草
盘踞在山坡多日，躲过了雪压难受

寻觅到身体上打颤的冰花水滴
叶子还保有着鲜活的勇气

阳光灌溉，雨水的饱满
枕着月色，用风点缀山野旷空
总有一种霜白影子潜伏
破裂的伤痛在骨头里燃烧

在隆起坡地处，拐弯根须抓紧生活
保持了一方水土，还有一丛草蓬勃的势头
鸟鸣攒积一片苍茫
悲悯的流水向草木盘绕

每一棵野草，深沉，很低调
吐出芽的词语，留在草尖上的露珠
立身于绝壁
抓住春天，不放手
草和树抱紧，仰望，山羊攀高

深　秋

天空与大地还没有来得及交谈
很多的山野已被冷风沧桑
疤痕叶体，落了一地
鸟翅站在高处而泣

大雁把自己的影子，挂在云朵上
跟着云烟越飞越远
所谓的尽头
接受高与远的孤独和清冷

河在细碎的轻声，卵石和流水

把月光的荒荒抚养大
尽管弯曲的清流很坎坷
但它在没有了根须黑夜与黎明穿越

山野冷清了很多
弯腰的夕阳叹息，跃进山后
河边湿漉漉鸟鸣拴住了一抹云霞
一条河流浪花跃起茫然

山　中

阳光和风走得太远
丢下我坐于丛林一块的石头上
群山拥围过来，歇息
站在山上的野草凝望，打颤

松风赶过来，轻抚树木、野花
鸟鸣摇晃着那棵树水中的倒影
这些群山与茂林沧桑在年轮里
珍藏着生灵，慢慢打开这些风景

老旧的石屋，寄居山色
已听惯了远去古道马帮赶逐于丝绸的传说
溪水从悬崖胸膛缝隙拥挤出来
泻下一路荒芜回声和影子

我和石头一起站起来
托举起天空，岩羊和山鹿跑进云朵
怀揣最后一缕落日霞光
消失在苍茫夜色之中，谁知道
月亮和星星热泪盈眶

老街的生活元素

（组诗）

李金生

老 宅

晒一只琵琶腿
晾一件丝质衣物
昭示生活优渥

这样的情景
一如百年前深宅大院落成时
那时的瓦新，木料也新
仪门有砖雕，有家训
木雕有孝子图，有刘关张，有松竹梅兰

那时的人都讲究
起楼不遮蔽邻家的阳光
吃食的香味不飘他人的窗户
弄堂里走人，相遇都侧身

那时的人
修桥铺路大家都作贡献
有钱的出钱，没钱的出力
桥修好路铺平
见面互称先生

敬业堂的徐瑞琛老先生和我说
要不是那年提前得到消息
把木雕都涂上白灰，就被破四旧了
可是，砖雕还是被敲掉了
以及仪门上的"聿修厥德"
他至今还记得

屋 顶

Roof
是百年前飘洋而来上海滩的洋人口中的
屋顶
是上海洋泾浜人口中的
老虎
洋人出没于丛里法则
羸弱的老百姓
喜欢将屋顶开设的天窗叫，老虎窗
以壮声威

多么像张着大口的老虎嘴啊
居住在老虎嘴的
大多是居无定所的房客
有人时而出现在窗口
像虎牙时而露出
虎舌一卷，人就困了
躺平，是最危险的睡姿

老虎窗
是带有乡愁记忆的建筑符号
如今，在上海依然可见

只是，老虎窗不再有寒风吹着单衣人
若见有人开窗
定当是为了通风
让地气与人气流动
或是，为了让人看见虎口里没有牙齿
很安全，很友好

瓦 片

老街的每一片屋瓦
都有百岁
它们形成瓦垄
像陵园里规矩的墓碑
昭示着，也曾纵，也曾横

但是，它们都还活着
有文字的，一块牌子上记载着简史
没有文字的，尚能养活苔藓和老化的裸线
一片瓦连着一片瓦，像一声接一声的
潮湿残喘

忍住大声咳嗽
担心形成
惊雷与飓风
闪电，怵目惊心
瓦屋里居住的大多是房客

所有房客的年龄相加
也只不过是几片老瓦的年龄之和
数万数十万数百万的重压之下

贴门神
不及贴灶王

楼 梯

无需擦拭
就让阳光附着尘埃
泛着花梨木或红樱桃木的气息
照耀在曾经的亮漆上

那时的阶梯和扶栏
至今还保持着木质的本色
只是当年上下楼梯的
亮着光漆的红皮鞋或白皮鞋，却不见了

楼上住着的多为女眷
下楼的时候少
有先生来访
无论年纪大小
下楼的人，头势清爽
皮鞋都一尘不染

那时，设有专人每天擦拭楼梯
如今，每天只有阳光扫视一回

门

旧时的界浜，已名高桥港
旧时的北街，部分已名季景北路

由界浜沿着北街，由南向北
循迹。就成了百年前的人

见到临街的弄堂
不要被逼仄狭隘了视线
见三块条石支撑的门
向内走，里面一定有深宅大院

百年前的一道门槛
已被磨矮
我没有那时的青布长衫
竟跨不过去

驻足于此。我反复打量被磨损的部位
这要历经多少磨难
才会如此坎坷？
庆幸有人跨入，更庆幸有人跨出

如果未经历过慌乱
一定不会如此
如果未经历过摧残
我也不会想到走进来看看

一扇窗

投之以光
报之以亮

一扇窗
在阴霾的日子

铭记家训

一座老宅
瓦暗了，墙污了，檐损了
窗，总会亮

亮出来，有主人了
亮进去，窗开了，便有家风
主人无需开口

宽宅
宽窗
足以说明

猫

我必须禁得起怀疑
才会禁得起一只猫的打量

走进老街的一处老宅
我毫不怀疑瓦是做旧的
砖也是

一只忠诚的猫
能看透我的心思
被俯视，很危险

老宅是忠于历史的
历经三万天的风霜雨雪
它就如实记录百年

春天的另一种叙事（外六首）

乐 琦

打一个绳结
记下春天
天空晴而不响
几片云搬来搬去
像一盘无人对弈的棋

敲一下木鱼
叶子从树上飘下
击中一块空心的石头
落子无悔

雷声故意迟到
故意不响
空巢悲欣交集
燕子飞过，尘埃落定

扫地僧洒扫庭除
石头在长苔，薄的，厚的
日脚好过，深浅不同
师父转过身
在石头上磨杵

以斑驳，以遗漏，以修补

以打量
被一只猫
体感四处漏风

一段墙

人疏于维护的
自然
有一些藤蔓植物来尽责

它们顺着人类建造的
而又变成废墟的
残垣断壁
攀援

覆盖一层绿
萎了。再覆盖一层
维护世态的
体面

自然
是有主义的
有废墟就占领废墟
以密度
以屈挠
以不屈不挠

阳山有一块不成器的碑材
燕子是记事的鸟
日子与小草蔓生在一起
有时日子长一点
有时小草长一点

繁　花

喜欢种花
也许前生种过
为此感动
眼前未开放的种种

会在梦里摔倒
头一沉就掉进花海
那是个低谷
我笃信上善若水

会遇见一只蜂，或蚂蚁
多出部分是语言
躲进一朵花里
盗梦。听些闲言碎语

鼻腔流出一种液体
被证实是脑积液
带着梦的花香，然后
有了时间，想起某个人

多想打个湾
让流程持续得久些

合适位置，花儿会开放
合适位置，花儿就凋落

找着，找着，头一沉
又落入下一个深谷

出走的大象

走进电影博物馆的时候
已接近黄昏
胶片呈列在那里，像叶子一样
不安静

人物都挤在一面墙上
偶尔还带着焦味
从一个地点到另一个
拷贝着初始的模样

就像来自山谷的回声
带着风的成熟
一头迷路的大象，画出不同的人形
谁是那个画海报的人？

博物馆是一场正在上映的默片
胶片有些粘连，记忆深处
住过一头红象
我一直都在为它寻找出路

黄昏来得真快
跑片员已等在门外

风安静地关上
电影博物馆的大门

难以言说（南通水绘园）

住在园子里的女人
定有过一双小脚
不是因为受困
她害怕再次流落风尘

池子里的水掩饰了一些过去
水、树、屋宇，包括一个伤心的女人
它们经年这样静坐
没有发出一丁点儿声响

如皋古城的水，沉默在
秋水般的眼眸中
它们只是噙着，一枝青莲的命
缠枝而上的命！

水明楼的光不走直线
像女人的步履
从身后可见的娉婷
换成迎面而来的蹒跚

得月堂前，满堂看画的人
嘲讽着老夫少妾的画像
庭前一棵老树
正挂着几个新结的木瓜

月亮也会不明事理
非要唱一出日月同辉的大戏
鸟看得痴情，就这样被塑上屋角
水绘园未绘成的山水，晕在夕阳的墨色中
去园外迎春桥老炉烧饼
咬一口，真香！

黄河口

泥浆、沙粒，还有其他看不见的
都在黄河口放下

路上，他们一刻不停
打弯的时候，撞击驳岸的时候，碎裂的时候

清澈与含混中
在经桶上转成无数个日夜

念及巴额喀拉山的雪和月亮
旋转似有余力

可见或不可见
都沉默着流向深处

高耸的雪脊和一颗不虔诚的沙粒
嵌入纤夫、筏子客的脚掌

他们将身体放低
从趾缝里挤出一个负重

东营是个新滩
白鹤在预置的架上做窝

它们在这里放下冬天
就会有一个春天在更多的翅膀里扑腾

定山寺

从门槛到门槛，出入自如
修行的人端起一碗素斋
碗里还装过什么？
不问是最大的禅

佛陀垂目而坐
朽去的身体上又涂了一层新漆
年轻的僧人是新修的佛阁
达摩已经东渡

善男信女用香火
踩出一条弯弯的路
青峰古寺
无相落入有相

保罗策兰最后一跳
是诗人跨过诗歌的门槛
如来说，一切众生即非众生
道理如此简单

再多化些布施
脱了僧衣，谁是谁的佛
过堂用斋，想起一道戒律
笑意从牙齿缝里溜出来，罪过，罪过！

咏 梅

寒梅独自开放，让人想到非理性
就像大雪试图封住春天，可春天还是来了
寒梅反复开放，多了少了，春天都不逊色
各安其好地装扮着
大雪格外笨拙，压出花枝的俏皮

花开花落有点理性
看花的人喜欢以成败论英雄
没有酒，用消融的雪水煮一壶茶
聊起大观园枯荣的家事和一把花前花后自怜
　　的锄头
雪压下最沉的一枝，很快它就会跃过篱墙

而墙垣横在那里
不作理性与非理性的判断
折断梅枝的声音
有时更清脆

守诗情（外五首）

梁志伟

树干苍劲不愿守冬
　　　　新春还是
跌跌撞撞敲门而来

爬上千阶山梯
绕过一块巨石
　　　离峰顶不远
　　　离天堂不近

人生
不是快快乐乐
　　　　　看风景
就是平平庸庸
　　　　听殇音

　　…风想开了…

每片树叶写上
笑容与快乐

每个金币写上
旅游与风情

守岁　守不住青春

守住仰慕诗情

老树发新枝
引来春鸟鸣

心中有爱
诗歌之树长青

殉情远方

　　…泪光映山岚…
　　…梦境涌海浪…

幻象篝火燃烧
闪见灯笼晃荡

总是陌生到达
依偎月光

总是迷恋风月
醉倒山冈

　　…远方　远方…

心里暗藏初恋影像
抱着弦月孤独上床

睡乡迷幻神性理想
跌倒殉情风雪路上

季节刀痕

季节
是通向死亡
　　　　刀痕

春夏秋冬
轮番
一刀一刀
　　砍伤友情
　　砍痛爱情

仅留下
　　不冷不热
　　不浓不淡

　　…亲情…

赏　樱

白雪飘飘樱花妖娆
空气意蕴早春性情

声音蜂拥而至
轻柔花瓣一片片飘落
　　　…追逐人影…

美女摆动花姿拍照
诗人边赏花边赏心

…听到无声樱语…
…听到婉约樱声…

但有谁还听到
樱花隐喻的心灵
　　并不喜欢游客
　　打扰佳人梦境

　　　人影飘逝
留下满地踩痛花音

圣洁白云

一片高山前行旅影

脚步踩着云絮
轻轻飘到
五千米高拉山口
俯瞰连绵起伏山峦

无数经幡晃动眼神
祈福声音漂于半空

面对美丽女藏民
清澈瞳仁里仿佛也
飘出一条洁白哈达
敬献于胸前

我的眼神融化在

行旅中的凝眸

（组诗）

杨朝宁

…山岚光影里…

仰望雪白信仰洁白
朝拜静穆敬仰无声

幻觉化成一朵朵白云
终年围漂于西藏雪山
　…南迦卡瓦峰…
　…时间无穷动…

风声里

春早已奄奄一息
夏挣扎几下没动静
唯有秋冷飕飕来了
带领一族活躯体
萧瑟地走向白雪世界……

地球原不属于人类
白雪覆盖大自然的荒芜、冷漠
残雪融化动物残暴、杀戮之历史

独有风看得懂　不做声
如过客飘飘消失
留下无人解读之奥秘？

众多生灵沉默无语
听狼王凄厉咆哮声
活生生把夜空
　……撕裂……

东屏古村

无需导引
综横交错的卵石青砖小径
会将你的步履带至岁月深处

"山脚道地"
曾是何等殊荣
明堂压阶，寝室宏深
如今　竟剩下几堵"东方哭墙"
那仅见的过街楼窗
俨然一双透着忧伤的泪眼

古村　自然不尽是苍老和斑驳
古戏台　依然迴旋着
古越的丝弦锣鼓
凤冠霞帔　半副銮驾
十里红妆　曾亮丽了
南宋时代整个浙东大地

目光　还是凝滞在了
一个几近荒芜的院落

枯藤落花 成了这里的主角
孤独的白发老者
只在偏僻的角落里
显现一个佝偻的背影

东屏古村
是否也会成为
六百年沧桑中的一个背影?
离去时 曾极力想
拍出一个楼宇高挑的檐角
可脚后就是深深的沟沿
——退无可退

澉湖秋月

从长达百米的栈桥
迈入湖心的白鹭洲
"澉湖秋月"
两块字体相同的石碑
比邻而竖 赫然入目
一块上色朱砂
一块石绿勾填

秋虫嘈杂地鸣叫
我看到草木交头接耳

旁边的芦苇摇头
多半是复刻
"平湖秋月"的模板
不然 何必自谦小西湖?

另侧的杨柳扬眉
碑文由徐泰来诗句
撷字而成
早在明代正德年间
此处已是"澉川八景"

唯有成群的白鹭
全然不加理会
或腾空而起观山阅海
或飞掠湖面叼食游鱼
晚间 就枕着满湖月光
在石碑前的浅水湾里
甜甜酣眠

越里古镇

这里
被称作第二个西塘
亭台楼阁 雕栏画栋
长河流水 茶楼酒肆

可崭新的廊棚
全无晕染千年的烟雨墨色
一座座石桥
无一留存送子来凤的传说
宽广的街衢
容不下狭窄幽深的石皮弄
烧香港的烟火
更熏染不了绚丽灿烂的霓虹

明四家嘉善籍的吴镇

被邀来作为唯一原住民

对于早年潦倒的塾师

或许满意荣归故里

可被制作成铜雕

仰坐于美术馆前的王蒙

却似乎并不快意

如此整日客居 灯红酒绿

叫老夫如何"春山读书",

"丹山瀛海","清卞隐居"?

中午炫目的阳光下

一脸的无奈和迷惘

即将登车离去的我

回眸平地而起的"古镇"

同样一脸迷惘 无奈

国清寺

恭迎紫气的山门

处于照壁的拐角

一千四百岁的隋塔

静静地站在丰干桥畔迎客

大雄宝殿前的唐樟

从不夸耀古刹

开山即为天台宗祖庭

就连枯木逢春的隋梅

也只开着素洁雅致的白花

与祐黄的院墙

石阶的青苔

一起生成悠远僻静的岁月

晨钟暮鼓 木鱼引磬

一声声 传递佛法的虔诚

一阵阵 飘送人间的烟火

僧侣身著的灰布长袍

浸染着汗渍 也写满了经文

"农桑与共"的《百丈清规》

在梵音中承继 在园田里繁衍

最可人的是炎炎夏日

庭院 连廊 台基

一缸缸圣洁的荷花

构建出古刹第五条经络

你若是在它面前

静坐 闭目 合十

那荷叶上晶莹的甘露

就会滴进躁动的脉管

逐渐 融入正身清心的禅境

鱼沼飞梁

何其精妙啊

泉池中游鱼记得

石柱 斗拱 木梁

架构起 整座石桥

圣母殿飞檐看清

东西干桥 南北翼桥

十字交叉 翩然振翅

"鱼沼飞梁"
如诗如画般的美名
远胜 彩塑乐伎合奏的管弦

可惜环宇最早立交的雏形
作用于道路 水上通衢
仅有绍兴"八字桥"
黔东南"鹅翅桥"
从北魏 北宋 民国
日月都忘却穿梭了多少春秋
唯独春风浩荡的年代
才如雨后勃发的春笋
重庆黄桷湾的五层立交
"盘盘焉 囷囷焉"
晃花了五洲各色的眼球

难怪殿后不远处
沧桑了三千年的周柏
也不由默默深长告诫
千万不能效仿老叟
只用铁木支撑住苍凉
早早打开深锁的重门
让碧桃 开出千树新花

壶口瀑布

河东地处陕西宜川
河西隶属山西吉县

河西观瀑
从天而降的黄河之水
陡然挤入河床底下
狭窄的深沟
就像暴怒的长龙
怒吼着 喷射
集束的激流 四溅的水雾
钻入一旁的龙洞
瀑布就在我身旁回旋翻卷
恍如东海龙宫
被抽去了定海神针
一时间山呼海啸

一年后河东观瀑
庄子《秋水》里的情景
再次重现
"百川灌河,径流之大,
两涘渚崖之间,不辩牛马"
连岸边的观景台
也潜入了上游来水
横无际涯的汹涌洪流中

两次观瀑 那个
与"三十年"民谚连缀的
河东 河西
不再是时间的分割和流变
而是空间的合体与发力

在一朵星云里
眯成子午（组诗）

弘十四

迎着太阳走

无钩之意钓起一夜湖水
潮音中肃立
渔船以天涯的帆形待我岛礁之心

秋虫的诵鸣起伏独思的低语
五叶瓣斜索漫無的步履
环行中偏远

迎着太阳走
一身蓝裙临浦晨曦

咸月光

滤净盛夏
清凉之香推开秋野
骑上，银色司南　骨架的鞍

就要走向大海之心
就这样将海捧上蒹葭花尾

芦苇地
每根头发都睁开了种子般的眼睛

所有
离去的
所有，命运奏响的
海潮里寻——咸月光

海蟒盘踞高高的头顶眺望
谁会在大海深处迎娶芦苇的灯芯

通过你悬挂的索拉特桥

所有
隐藏的
所有，一闪而过的
在种子与眼睛之间把世界归属于零

吹起忆别的口琴
海蟒从苍白的床单搅动波涛

奔　跑

我知道错了。

把一段线抛向空中
会有什么样的图形？
我的目光停泊在落叶和湖面，
我一直在你给出的路上
奔跑。

翅膀融化了，
回来之前。
你在线的另一端举着星星，
不是在寻找
我。
这柔软的物质拉不起一座桥，
我们无法相遇，但也不纠缠。

现在，为你披上红色的头盖，
那射向浪花的箭。

日　暮

这里才能听 梦的呢喃。
想走得更远些，像野兽遁入树林。
冰冷的枝头指向
山腰间的站，经过就是告别。
弯进日暮的那刻，
停顿下，竖起耳朵。
你喜欢天空静止还是流淌？
轨道上铺满了落叶，
冬季需要掩藏一切痕迹。
盛载着行李的列正
迎面而来，
情侣在金色里接吻，
岩石裸露出焦质。
我注视着湖水注向海中，
我将一粒石子踢出坚硬的响声。

这时候，没有人，没有人。

散文诗档案

耿翔，陕西永寿人。中国作家协会第六次、第七次全国代表大会代表。1991年参加第四次全国青年作家会议、诗刊社第9届"青春诗会"，2010年随中国作家代表团出访塞尔维亚。已出版《岩画：猎人与鹰》《母语》《西安的背影》《众神之鸟》《采铜民间》《大地之灯》《长安书》《马坊书》《秦岭书》等多部诗歌、散文集。作品曾获老舍散文奖、冰心散文奖、柳青文学奖、三毛散文奖及《诗刊》年度奖等。

敦煌书：
三只青鸟（组章）

耿 翔

一册麻纸

敦煌，被一册麻纸书写和装订。

又被风沙，一页，接着一页吹开。

守候敦煌，一册麻纸里的坚韧，也是一册洋溢在铁打的汉字里，山河身上的坚韧。

被一千年的微光，照着三危山，像用一张粗

砺的，裁剪出长安四方城的麻纸，从岩石上，磨去每一粒风沙的粗粝。

手抄的敦煌，被一册麻纸，装订在麻纸一样坚韧的天空。

又被一山鸣沙，翻唱成生命中的绝唱。那些在西行的路上，揪着心倾听的骑手，在此下马。在此终生，擘画内心的山河。

一册麻纸，也书写和装订着，在敦煌身上，有多少音信，来自长安？

从长安出发

一路的庄严，不因黄河贴着身体流过。也不因祁连山脉，刈锄大地上众多草木，要把天空，推向高原。

从长安出发，一匹马，一驾车辇。

驮着手写在，一卷麻纸或丝绸上的经书，像追赶天上的一轮太阳。赴入山水，从万物一身的丰盈里，逐渐苍凉的敦煌。那些在经卷里，停歇不下来的文字，被一路颠簸的山水激扬，发出长安，始终能听见的声音。千里迢迢，只有洗净天空的云朵，看得一清二楚。这些车马，驮着的经书，还留着以净水沐浴的书写者，手上的余温。

这些来自，山河中央的抄本，对于远在边塞的敦煌，倾注了多少敬仰？

从长安到敦煌，一匹马，一驾车辇，追赶着风沙吹拂过的时间，向逐渐苍凉的大地，留下一卷，人间奇迹。

西夏伎乐飞天

没有一件神器，比你手持的二胡，更能从心上，拉动敦煌。

天地远了，三危山很近。伎乐飞天，多么像一个安静的人，坐在沙漠的深处，从容地拉着手中的二胡。这神情，像突然想起，遥望过远在贺兰山，征战的西夏。

一只岩羊，一只被满山的石头，吹动的岩羊。

也像另一种，会发声的乐器。

伎乐飞天，从敦煌到贺兰山，波浪一样起伏着，一把被二胡拉动的山河，衣袂飘飘。所有感染过人间的音乐，都像围绕着你的身姿，在丝绸织出的飘带上回荡。

西夏远去了。贺兰山，因你手持的一把二胡，拉动了敦煌。

丝绸的飘带

远处的落日，与近处的大泉河，像要从大地上，有声有色地，合上敦煌。

日出日落。三危山，一部被洞窟，开凿在大地身体上的经书，已被风沙，读过了最光亮的时辰。需要进入夜晚的深邃里，思考一匹摇晃沙漠的骆驼，身贴经卷，迈出生与死的时速，穿过的山河。

这像从飞天的飘动里，拂去敦煌一身的风沙，有人替我，触摸到了丝绸。

这时，敦煌像在落日里，卸下一整座沙漠的沉重。也像在大泉河里，洗出时间的一身清凉。被丝绸的飘带，轻盈地托举起来。大地，也像在一部经书，合上的时候，尽情地舞蹈。

一座被沙漠，从表面冷静的敦煌。

挥出丝绸的飘带，轻轻地系住，远处的落日。

手持的拍板，采自哪座圣山上的树木？高振在身上的五彩翅羽，借自哪种圣鸟？不鼓自鸣，所有的音符，都像一瓶净水，沿着头绪繁多的花卉草纹样，不断线地滴落。

在敦煌，每听到一种音乐，都让人想起：

一种草。

一种花。

一种鸟。

一河美好

这是一条向西，穿越大地之脉的时光之河。

沉默流淌的，是风沙里的驼队。而三危山，也以河流的一种姿态，像带着时光里许多迷离的符号，发出流动的声音。

每个石窟，每座雕像，每幅壁画，每件事物，背后都像立着，一个令天下心仪的朝代。

骑在一万匹，奔马的背上，在其中涌流。

敦煌啊，你看这大漠，像沙里淘金，把流过时光里的一河美好，金子般地献给你。

每听到一种音乐

守在草木，生长得艰难的敦煌，花卉草纹样，成了伎乐们出场的背景。

人头鸟身，从众多神话里一路赶来的伎乐，也需要剪出，散漫在人间的这些花卉草纹样，来装饰自己。

一棵大树

敦煌，一颗播向荒原深处的种子。

那些播种者，怀着每个朝代的勇气与雄心，多从山河中央一路出发。

良田隐去，荒原带着一身苍凉出现。这里大地空旷，这里天空生风，这里从不供养多余的草木。

这里被播下的种子，却像受到了一种召唤。

时光漫长，这里被僧人和画师，还有骑手，以忠骨布施一块净地。这里的岩石上，有最多的敦煌蓝，记下每朝每代，不会走失的身影。

敦煌，一棵被荒原，守望到今天的大树。

文字的供养

那些手抄的经文，闪烁其上的光芒，像一盏灯，照着一群人的呼吸。

敦煌卷子，一场铺天盖地的书写。

一场流行于山河，苍茫一隅的集体供养。

而一盏青灯的光芒，放大到敦煌，让一群净手抄写者，散发在恭敬的文字里，不再是一个人。孤独于心的那束光芒，它让莫高窟，自此拥有一张写满，一个朝代灵魂的纸。

比一块石头还重。

敦煌卷子，那些有重量的光芒，闪烁其上，也是所有文字的供养。

想象长安

从一幅壁画里，想象一千年前的长安，是敦煌给予我们的一种启示。

比如壁画里，那些被敦煌蓝，明亮地绘入云端，相通着可以跑马的楼阁，让我们想象，当时的长安城里，那些住着豪宅的人，有谁打着马球？

又有谁举起夜光杯，一杯，接着一杯，饮着葡萄美酒里的西域？

那些对着明月吟诗的人，也像月光一样，洒落在长安，声色犬马的大小坊里。

孤傲和奉迎，让唐诗有了截然，相反的人格。

王维老了。因为敦煌太远，转身去了，能望见大雁塔的辋川。

敦煌啊，有多少画师，想念着长安，那些高入云端的楼宇，在你身边作画？

看佛的距离

那些匠人们，心里都有一个量度好的，可以端坐在哪里看佛的距离，也叫敦煌尺寸。

那是我们与一尊佛，在这个世界里，要保持的距离。

只有找到，匠人们用心量出的距离，才能看见佛，被他们塑造得慈眉善目。才像打破一切红尘，听见似要终生与我们，倾诉的很多言语。

而不在那样的距离里端坐，就是趴在每一尊造像的前面，也看不见，佛的五官，佛的眼神。

风在吹。

敦煌的尺寸，不会被风吹乱。

敦煌的月亮

敦煌的月亮，被风沙吹到天上，又大又圆。

敦煌的月亮，落在三危山上，倾泻而下的光芒，像一卷写满经书的丝绸，覆盖着每一孔，神秘的洞窟。

一只虫子，在此鸣叫的声音，也有了古老的回响。

敦煌的月亮，也是大泉河，一路从沙漠里，淘洗出自己的具身。驼队走过的路上，头顶的星斗，像灯火一样，在地上闪烁。

敦煌的月亮，在我们身上，照亮一世尘土。

马东旭，1984年出生于河南宁陵，祖籍河南荥阳。中国作协会员、河南省作协会员、河南省青联委员、河南省散文诗学会副秘书长。获中国散文诗人大奖赛金奖、第八届中国散文诗天马奖、第三届中国大河主编诗歌奖、扬子江年度青年散文诗人奖、河南省散文诗学会优秀成果奖等奖项。出版散文诗《父亲的黄岗镇》，并入选河南省2023年农家书屋出版物推荐目录。

我是我自己的听众（组章）

马东旭

申家沟大雪三日

片片落在我的眼前。我以雪花为镜子，照见自己。非常难。照见众生比较容易。我成了雪的一部分，绾白发三千丈。白茫茫的大雪，天地辽阔。天与地编织着巨大的白衣，人鸟声俱无。我的身体需要一场大雪来洗礼。我在雪中置红泥小火炉，与三五挚友烧酒、煮茶、礼佛，让酒肉穿肠过，端起一只杯子窥视人生。杯中的细叶起伏不定。北风哞哞地叫喊。大雪纷飞，犹如菩萨撒向人间的一句句偈文。我们是大雪纷飞中的人，是清净的人。我见了天地，悉皆归。雪还在下着，落在河谷、麦田、庙宇和羊圈，全白了。公羊、母羊、羔羊挨挨挤挤，它们怕闪亮的刀子，清澈的眼神里也有星辰大海，它们嚼着干草一根一根的。我唯一能听见的是它们的反刍声。向外界发出软语。

访单庄村白玉庙

庙很小，青烟袅袅。飘向宝蓝色的天穹。它仅能容纳我一个人的肉身，却是灵魂的住所。于此我准备叙说自己的欲望与一个美丽的梦。我喜爱自己的欲望。我是由过去的我、未来的我和现在的我组成的一个完整的我，我非我，一切皆我。在神像前，我闭上双目，紧紧地合上手掌，其实我不知道我在说什么，我也不想知道。有的人经历着风雨，有的人看见了美丽，有的人心中没有丝毫挂碍。明月如霜，我一次次从霜上走过。举头忆陶潜，低头是一块麦田。它们平静地生长着，想象着它结出金黄的麦穗。

清明游石桥镇梨园

我从世界的重负中退至豫东平原。我爱上石桥镇的十万亩梨花,一个全新的领地。我张望着身前的梨花、身后的梨花,每一朵都开出了风雅,说开就开。这是我以前从未看到过的。在寂静的梨园,梨花是清澈的、白白净净,它们凝视着我的脸。天蓝得像一块巨大的蓝布衫。花影参差,清流淙淙,黄鹂发出妙音。我尝一勺水,便具四海水味。我的灵魂在虬枝上跳跃来跳跃去。香径深处,有我梦想中的人家,小院坐南朝北。我围炉煮茶,焚香读书。到了暮晚,我仰观天象,做一个低调的星宿大师。何必丝与竹。我和我遛的小黑狗感受到了在人间的清明。春风习习。我愿日复一日,在这里洗心涤虑,无为不争,看十万亩梨花悄悄地开,悄悄地落。摇摇曳曳。

六月三日在申家沟

麦子从岗坡上运下来。颗粒归仓。这是父亲最大的希望。在辽阔无际的豫东平原,在宁陵,在黄岗,在申家沟,在芡子高过的窗户旁。父亲的欢愉很小,是一粒粒麦子,泛着古老黄金的色调。他饮酒,一杯复一杯,热泪盈眶,像一片汪洋。收割后的麦茬子地里,白鸭子很白、黑鸭子很黑,三五成群地秃噜着散落的麦粒,有时发出嘎嘎嘎的鸣叫声。我就是生活在这样的村庄。另一群鸭子是灰色的,于清澈的水中凫水。它们一会儿在水上,一会儿在水下,随意所在。水上与水下是两个世界。我在反思它的存在与虚无。夜色悄无声息地降临,父亲发出鼾声,细细的。他在梦中拥抱着敦实的芡子,一定是。河岸的草木葱茏,在风中吟诵生命的秘语。

遇见芦草

从已知流向未知,我说的是豫东平原上的申家沟在黄岗镇,水湍甚急,我喜欢探究未知的那一部分。几根芦草生长在水中央,不依附、不思考,我看不出它有什么倾向。它的内部是虚空的。所以芦草是自在的。我平躺在生机勃勃的芦草丛中,半睡半醒,我不探究更多的未知。我倾听万籁,只听到布谷鸟在鸣叫,它在空中飞着叫着。我一思索,我就成了河床上多余的了。我不假思索。这一片芦草属于我的。我是我自己的麾下,我是我自己的太上。周遭一片寂静,是大自然仿佛都酣睡了的那种寂静。天空蓝得欲滴。白云如雪。绿草如茵。羊的眼睛是幽泉清澈,它嚼着时光发出细微的声响。此时的我赤裸裸的,洗去身上的尘杂,我回到源初的我。心境离奇。

空心菜

在清风拂面的初夏的清晨。母亲于她自己的菜园子里，真的很寂静，和空心菜谈心。空心菜，有没有心呢。它的茎是中空的，根系在地底甩动着百万个细小的鼓槌。雨水丰沛，我听见空心菜生长的声音。母亲的心是空的。心空一切空。身体也是空的，她一根一根薅去杂草：稗子、播娘蒿、马唐、反枝苋、龙葵、香附子，双手沾满了露珠。母亲的知己多已回到了土地中，孤独的母亲，她把空心菜当作姐妹，她想与它说出内心小小的风暴，昔日的悲欣交集。她把无数空心菜当作是空心的人。无数空心的人在秘语，在修行，在触动彼此的灵魂的银河。我仿若听不见她们的秘语。

六月十二日风雨大作

我是雨滴。无数的雨滴，在飞。像更多的我逸出本位。我是非我。我是梦幻。我是纷纷的雨滴，这一片玉米地属于我的，那一片芝麻地属于我的，远处的豆子地属于我的。在我到来之前，天地宁静。我全力以赴地浇灌它们焦渴的身体。它们葱郁了起来，茂盛的枝叶赞美着找寻攀缘，摇曳生姿。我信它们能结出丰盈的果实。倘若我再发一点力，就能把它们浸泡为一。

我是我自己的听众

一个下午，我都坐在沙发上，宛如一件静物。市区是一个囚笼，态度冷漠。我想到赫尔博斯写的孟加拉老虎和老虎的金黄，初始的金黄透出神话的光泽。在市区一日，我的悲叹就会持续一日。我在空虚时感到更空虚。我是我自己的乐队。我是我自己的小生。我是我自己的听众。当我回到我的领地申家沟，我的灵魂高升，眼界光明，耳朵也激灵了起来。此刻的家乡流水潺潺，清樾轻岚，牛羊扽着蹶子在河畔撒欢。户户的锁也不用落，门扉敞着。白鹭飞着，黄鹂叫着，是大自然固有的灵动。远处的车马哒哒地跑着，很慢。我常年在市区与农村之间奔走，市区的我与农村的我是同一个我，又非同一个我。

在磨坊

磨坊里没有一头驴子，只有我自己。我转动我自己的磨盘。这磨盘属于我一个人的。我磨得很慢。我尝到了人生的种种杂粮。我全心全意地磨，永不停息，磨盘咯吱咯吱地响。响是寂静的一部分，在秋高气爽的日子里。在此我爱上喂养人类的每一棵植物，充满敬意。我爱上面粉从麦粒中走出来，过三遍箩，它是清白的，兑上水，揉成面团，做成的馒头是清香的。到了冬日，我磨绿豆，佘绿豆丸子，配上红薯粉条和虾米，一碗热气腾腾的绿豆丸子汤就有了灵魂。在天边河流申家沟，水流涓涓，我的幸福是一座磨坊，孤独也是。我爱我的磨坊。如果倦了，我解衣盘礴，一个人如如不动，与一张琴、一壶酒、一只犬痴对。窗户外的风月无边，月也在转动它自己的磨盘。

九月初三闲游申家沟

草木还在用力地发绿，于田边河流申家沟，我们谈论着世界的大与小，生命的生老病死、家庭与婚姻，唯独没有谈论文学。我们安静地看着收割后的庄稼地，平畴无际、牛羊散乱，我与他都不专心地看着。白色的炊烟飘袅，一会儿东一会儿西、一会儿南一会儿北、一会儿下一会儿上，无限接近湛蓝的天穹。我们平躺在草滩，聆听禽鸟之乐，与它的痛苦和挣扎，听听也就罢了。有好大一阵儿，我与他停止语言的交流，一直发呆，于荫翳下无问东西。雄鹰豪放在天上，灰雀婉约在柿子枝头。我们的双手接住落花，流水缓慢，青色的蚂蚱蹦来蹦去。银杏果从树上掉下，是落在河畔的棋子。春松兄从云南捎来一块圆形普洱，我放下种种自设的未来世界，取一片瓦去煮茶。万千尘冗，不如喝茶。

伊人，河北丰宁人，满族，教师。中国诗歌学会会员，河北省散文协会会员。诗文见于《作品》《奔流》《诗选刊》《当代人》《鸭绿江》《海燕》等期刊。有作品入选《河北诗人作品精选》《当代精美诗歌选》《中华女诗人》等多种选本。

云世界（组章）

伊 人

塞罕坝的云

风如灵动的使者，穿梭于这片天地，轻拂着身躯，人与挺拔的树木融为一体，于松涛的旋律里，悠然踏出，渐行渐远。

云朵似自由的精灵，在无垠天际自在飘舞，不疾不徐，无需追逐，亦不必挽留。而漫步于林海之中的人们，似有神奇的魔力，举手投足间，推动着松涛汹涌，引得月亮湖的潮水也随之荡漾。

人们怀揣着一个炽热的梦想奔赴于此，这片神奇的土地却以万千魅力赋予了他们眷恋与不舍，让离开成为艰难的抉择。像针叶与阔叶，跌下枝头再爬上枝头。

坚实的肩膀,扛起了林间的云霞,扛起了建设的重任。他们为塞罕坝留下了汗水,也留下了种子。每一棵树都承载着他们的嘱托,绿色的信念在这片土地上生根,发芽。

抬眼望,绿水青山,像一幅磅礴的画卷,高悬于崖壁之上。塞罕坝的云,自万顷湿地袅袅升腾,似梦的轻纱,在林海叶涛上飘荡。

与父亲说

父亲说起坝上,说起他们住过的地窨子,虔诚的模样,足够让干硬的窝头变松软,让苦寒的日子变香甜。

父亲说,看着躬身种植的树苗一点点长高,荒凉的草原一点点变绿,是他们那一代人骨子里的所有欢喜。

仰望高过他们几倍的树林,那些内心里的苦痛、纠缠、欲望,都会像肆虐的风沙一样,变低。

父亲说,如果能站在这里,俯视大美的林海,在它碧波起伏的胸怀里找到苍鹰的影子,看朝霞辉映的晨曦。跟随母亲挤奶的情影,想起他们一起走过的青春,就会放下内心的羁绊,让心情放飞,在绿水青山中尽情荡漾……

此时,我行走在这里,不冷,不热,不急,不躁,是林区最好的时候。风吹过的天空没有云朵,干净的蓝,如七星湖的水一样纯净。苍鹰在低空盘旋,忽上忽下,引导着我。

草场辽阔,远山纵横,这里是离天空很近的地方。百亩林海足够遮蔽强烈的紫外线,我感受不到阳光的毒辣。

行走在水的源头,花的世界,林的海洋。遇见北斗七星一样的湖水,遇见头戴金莲花的孩子,她的牙齿云朵一样白。遇见骑枣红马的汉子,他们的皮肤黝黑,笑声爽朗,风一样奔跑在草原上。

此刻,我看见了父亲的影子,读懂了他的语言。

远望塞罕塔

登上塞罕塔的一刻,立时被震撼到了。我想大喊,想跳跃,想自己的喊声能穿透林海。然而,我只是张了张口,怔在了那里。仿佛什么东西哽在喉间,我能听见自己的心跳,浪潮一样撞击着。

放眼望去,到处都是树,到处都是绿,海一样拥入你眼底,汹涌着,澎湃着

翻滚着。一波连着一波,此起彼伏。波动的绿色,呈现出淡绿、翠绿、墨绿,随着微风滚动着,变幻着神奇的色泽。

更远处,风力发电的风车群,在峰顶闪烁,仿佛点点渔帆。天空那么近,伸手就可摸到飘游的白云。让我相信,从塞罕塔抬高一颗心,一定会高过月亮山,高过

康熙点将台。

在这海拔 1939.9 米的至高处，顶着青天，立着大地。是林场还是林海？几十万亩太小，千里之外还是太绿。

我把目光留给远方，留给层层叠翠的人工林。三代人的努力，已经让这儿的风沙隐退。草原这么好，只要长在这儿，就会有人踏上旅程，看每一棵树回到林中。所有的梦都从林海上，一点点升起……

林深处

风尘仆仆，只是为了这次初见。在塞罕坝的尚海林，抱紧一棵树，闭上眼，把耳朵交给它。

松涛阵阵，不仅仅是风的吟唱与传诵。它是塞罕坝林海的呐喊，是大自然赋予这片土地的力量，这力量磅礴而雄浑。

遥想当年，这里风沙肆虐，寸草不生。一代代塞罕坝人，怀着对绿水青山的执念，在荒漠中挺起脊梁，用青春与热血浇灌希望，让荒芜之地重披绿装。他们是无畏的开拓者，是大自然的重塑者，是这片传奇土地的缔造者。

白云高过枝头，鸟鸣也高过枝头。看不见鸟的影子，听见的，是另一种寂静。

这种寂静并非无声的寂寥，而是万物和谐共生的静谧，是生命在自然怀抱中安然栖息的宁和，涟漪般在每一寸空气中荡漾，绵延。

拾捡一段段往事，丢进林海。树影晃动，山影晃动。林深处有回声。

那是落叶林在微风中沙沙低语，那是大自然独有的和声，与风的吟唱、鸟的欢歌交织融合。

每一片落叶，都是生态循环的优美音符；每一棵树木，都是自然和谐的生动笔触；每一处光影，都是岁月静好的诗意画面。

十万亩山林的浩荡都在这里，够你驰骋了。风鼓起身体，像风帆。引你在百万棵树木间穿梭，见证这片土地的传奇。

这片林深处，是塞罕坝生态环境的绝美画卷，是生命与自然共舞的永恒舞台。

秋天的落叶松

在塞罕坝，没有什么比落叶松更亲切了。秋天你来，满山尽戴黄金甲。

它们傲然挺立在山巅之上，俯瞰着世间的沧桑。每一棵落叶松都像是大自然精心雕琢的艺术品，身姿笔直，向着天空伸展，以最为虔诚的姿态，谨慎地收集着每一颗珍贵的种子，珍藏着每一缕温暖的阳光。

目光所及之处，皆是那浓郁而饱满的成熟色彩，金黄、橙红交织在一起，晕染出一片如梦如幻的盛景。

走入林中，仿佛走进了一个神秘的童话世界。脚下是松针铺就的地毯，每走一步，都能听到轻微的"沙沙"声，仿佛是落叶松在轻声低语。偶尔，会有灵动的松鼠在林间蹿过，它们毛茸茸的身影如同跳跃的音符，为这片宁静的森林增添了一抹活泼的亮色。

不经意间，还会有松果从枝头滚落，"咕噜咕噜"地滚到脚边，带着森林的温度与气息。弯腰拾起，便能清晰地看见它鳞片上镌刻着的，是这片森林的密码与故事，是阳光雨露、风霜雪月交织而成的生命纹路。

秋阳将油彩涂上松针和山脉。山林抖开包袱，亮出自己的新嫁衣。榛子，蘑菇，野菊花，都是她的陪嫁。这些在天高地阔奔跑的孩子，比我快乐比我自由比我更懂得守望。

九月的天空深远，苍鹰高过白云。天空和大地埋在柔软的松针里。

看久了，觉得漫山都有你的身影。为这，我不想轻易离开。

走进白桦林

我们来的时候，没有雨，云朵在酝酿。一直走，山路的尽头，还是山路，
路的两旁是大片的白桦林。

四周静谧，能听见自己的心跳。不见鸟雀的踪影，能听见鸟鸣，这大自然奏响的乐章，在寂静的白桦林间回荡。

你目光中的深意，我都懂。比如，这落光叶子的白桦树。它们虽褪去了葱茏的华服，却以一种傲然的姿态，将生命的脉络镌刻在枝干上。比如，早已破败的土屋。在岁月的风雨中摇摇欲坠，屋顶的芨芨草在微风中摇晃，似在诉说着往昔的故事，又似在低吟时光的沧桑。

我们安静着，云朵还在酝酿。此时，心中竟莫名地渴望一场倾盆大雨，如瓢泼之势，汹涌而来，浇灭我心中满腹的惆怅。让那些纠结在心底的纷繁思绪，都随着雨水的冲刷，消散在这广袤的天地间。

野菊花慢慢凋零。有人离去，有人匆匆而来。在这片白桦树中，我是那个热泪盈眶的人。需要你陪着我，大醉一场。

周园园，生于1989年，毕业于福建师范大学，中国作协会员。有作品发表于《诗刊》《星星》《草堂》《芳草》《散文诗》《福建文学》《青年作家》《扬子江诗刊》等刊。现居天津。出版诗集《回望时光》《银花戒指》，曾获樱花诗歌奖、鲁藜诗歌奖等奖项。

隐秘的约定（组章）

周园园

寂静的流逝

整个上午，在忙碌的银行大厅等待滚动屏显示手里的号码。

时间在手里的薄馅饼和门旁装饰画的油彩上，一点一滴流逝。

我感恩于这种寂静的流逝，又被它不断地消磨。

那年，在漫长等待的间隙，我们去路边看榕树的气根和盛放的美人蕉，踩在青春的尾巴上大口呼吸着，夏日宇宙中盛大的爱情。

而今，想你时，我会打扫房间，整理旧物与书籍，把它们摆放到原来的位置。也把一颗透明易碎的心，放进角落的小盒子里。

这些年，我无数次把这样一颗心，放进去又拿出来，拿出来再放进去。

我们只是短暂地爱过，我却用漫长余生回味和想念。

时光书

漫无目的走着，试图用这种徒劳的方式，对抗庸常的日子、倦怠的中年。

期盼的夏天终于来到，但一切没有任何改变。

搭乘一辆慢火车，去海边，看久违的大海。盛夏长街，路旁的彩旗随风舞动，阳光璀璨，拂过悬铃木宽广的树冠，凝视泡桐树，分辨叶子与叶子的不同。

一缕清凉的晚风，微颤着消失在未知的源头。

夜晚的海如此神秘，一望无际的幽黑里，藏着生活按下的时间风暴。

有时候，忙着低头赶路，忘记看看头顶的树与云；有时候，忙于劝说自己，与往事和解；更多时候，默默努力，试图在文字里勇敢一把。

残 篇

面前是精修的小叶榕盆栽，树根旁杂生几株酢浆草，翠绿又柔软，惹人爱怜，它们在某个神性的时刻安慰了我。

这个晴朗的午后,大家都在讨论难得的好天气,和熙熙攘攘的日常生活。

万物复苏的春天,好像只在我的头顶,下起一场滂沱大雨。

雨水淋湿了过往珍贵的时光,多年前的残篇,今天,我仍无力续写。

我们曾暂居冶山新村,在狭窄的木房子里读书、写诗。当晚风吹过面庞,仿佛一首诗在忽闪的亮光中形成,为我们插上透明的翅膀。

然而,长夜漫漫,爱过的人,消失在黑夜尽头,未完成的,没有结语。

一片雪花认出另一片的晶莹

漫长的冬天已过去,一直思索无果的问题,如今一个可能的答案渐渐浮现。

我们其实没有正式说再见,好像谁也不提告别,我们就还拥有珍贵的日子,有机会重逢,正如我们年轻时偶然的相遇,一片雪花认出了另一片的晶莹。

我们也将在某一天,老之将至,步履蹒跚时,重新认出彼此。我们也将再一次在午后的海边,看日光拂过扶桑柔软的花瓣,也拂过我们满是皱纹的脸。

但现在,只能把那些美好的记忆收藏起来,从容地走进时间在幽暗丛林中辟出的蹊径,打开凝霜的屋顶,种下和解的水仙,谦卑地领受安宁与无人问津的清净。

记忆是最好的爱的教育,当思念泛起涟漪,就让一个波纹消隐于另一个波纹。

隐秘的约定

与南方尚有一个隐秘的约定,那是在浪花与大海面前许过的愿望。

此刻,我与整个北方陷入沉默。

白天我把自己隐藏起来,夜晚释放出那个怪异的影子,在黑暗中收集空气遗落在枝头的尘埃。

"你还要继续这样的生活吗?"多少年了,一个我和另一个我还没有和解。

下雨的夜晚,洗净碗碟,叠好衣裳,一切收拾停当,去阳台听雨的奏鸣曲,像木头一样发呆,逐渐潮湿。

雨暂停的时刻,在意念中弥补漏洞百出的生活。

窗外,竹园旁水洗过的蓝色屋顶,时明时暗,仿佛回到南方,海面时而平静时而汹涌,雨中的灯塔始终闪着一抹朦胧的光芒。

寻 找

那年初冬,北方已经冷下来了,但南方仍有些温热。

我们游荡到南方一处陌生的地方。那里,建筑稀少,人烟寥寥,但海滩上有篝火燃尽的痕迹，退潮后留下了碎贝壳和寄居蟹。

没有人提着桶在海边辨认同类，把那些小巧的生灵认领回家。

我们在沙滩上走着，细软的沙子上留下脚印，但很快被海水冲刷。

夕阳就要落下，晚风在最后的光照里吹开浪花。我们停下来，望向苍茫的海面，直到夜色一点一点将我们笼罩。

回到北方后，我常徒步去运河沿岸，高筒靴把深秋的叶子踩得咯吱咯吱响，海鸥煽动纯白的翅膀，带起胜雪的浪花。

我会仔细辨认黑暗中，偶然出现的光亮，被微微清风荡起的涟漪，到底是不是那年海涛声中，隐秘的爱情。

雨 夜

整理旧物，书信、日记、照片和明信片，轻轻地打开，又轻轻地合上。

雨夜，雾气缭绕，像那年我们坐轮渡去小岛时，遇到的那场大雾。雨后的小岛被浓雾笼罩，一种朦胧隐约的美，湿漉漉的风吹拂棕榈和大王椰子，洒落一串串雨花。

也有阳光普照的日子，被阳光照耀的海面，闪烁着银亮的光芒，我们在轮渡敞开的座椅上，慢悠悠说起生活中鱼鳞般细碎的小事，温柔的海风梳理我们蓬乱的头发。

今夜，雨持续着，没有特别的事发生，雨声渐小，夜渐宁静。

再没有力气追赶疾驰而过的爱情，即使在人群中一眼认出你，也再没有辽阔的晚风吹起浪花，一朵一朵进入我们的身体。

梦中的故乡

盛夏将尽，暑热尚未结束，日光里，蝉鸣起伏。

昏昏沉沉地睡着，梦里回到久违的故乡。

那是一个美好的夏天，高大英俊的父亲正扛着锄头，从一大片玉米地中走出来，坐在枝繁叶茂的白杨树下，磕掉布鞋里的细土。

父亲倚着粗壮的树根，双眼微闭，也许回忆起了青春，还没有成为父亲时，翩翩少年的往事。

梦中的父亲，并没有看到我，也没有和我说一句话。

我默默地跟随父亲，穿过深绿的田野，正午酷热的阳光晒着我们的脸颊，汗水从额头淌下来。

人这一生，多少遗憾，无法描述，又不足为外人道也。

梦中的故乡如此遥远，梦里广阔的黑土地，埋葬了我柔软又脆弱的父亲。

特别推荐

铁树影子（组诗）

小 语

笋子学

家乡寄来的笋子
吃不完，家乡的方竹笋
我挂在玻璃窗前
等开心的时候
穿过镜子
看见我那些打笋子的亲人

笑声朗朗
或慢慢变干

小语，本名杨杰，贵州绥阳人，中国作家协会会员、贵州省作家协会理事。
已出版作品29部（含合著），其中长诗21部，抒情诗7部，报告文学1部。策划、主编诗集、选集70部。主旋律"长诗三部曲"《没有退路是路》《决战贫困》《大道出黔》获贵州省第五届乌江文学奖，"三线"主题长诗《热血》获第九届中国长诗奖。

风的残垣断壁

这残了又缺的墙
像一个无家可归者的眼神
看哪都以为是家

残垣断壁里挤着风
自我安慰的风

细看,我已如砖
风化到了无错对

我在倒车镜里坐直

你问我为谁流浪
我端端正正
在倒车镜里坐下

诗人坐在倒车镜里
依然魁梧,不用谦卑

诗人养瘦的铁树影子
比铁树本身。妖

待客之道

两头猪过年时的命运
卖一头杀一头

卖的那头换成了钱
为过年餐桌的丰盈

杀的那头等酒
泡家门口熟透的猕猴桃

猕猴桃酒走过这个秋天
生活就有了待客之道
历久弥香

想起包谷对我说过的话

被你的语言打得体无完肤时
我总想起包谷说的那句话

随时要有人走茶凉的思维
会拒绝月亮伸出的手
不必申诉，陈述

脱壳的包谷杆开着枯花
让人一眼看出
饱满或丰满的粒都给了人类
它的好。无言自威

石榴红了

春天见到的石榴花
和血红的攀枝花
都结了果
一朵结成石榴
一朵串成长长诗行

石榴红了
从花到果的红
从外到里的熟透的红
诠释着火焰

那是一句接近真理的火焰

月千姿

既然你还没收心
就继续疯狂

十六的月亮是句号
它的光，拉着海的手
走着走着细成一弯海

你走在海的背后
黑白海背后
泾渭分明的背后

如此时的荷塘无风
却悄悄孕育浪涛与惊艳
前奏是月光莲子

嘉木在绝壁（组诗）

李庭武

李庭武，男，安徽广德人。安徽省作协第六届诗歌专委。自上世纪八十年代起，在《诗刊》、《星星》、《诗歌月刊》等发诗上千首。现供职于安徽广德市文联。

嘉　木

老木匠告诉你
好树出深山
嘉木在绝壁

耸如云端的太行山
和雁荡山的绝壁上
都有虬屈的嘉木

腰系危绳的采药人能抵及那里
崖顶腾跃的黑鹰能飞及那里
你的目光慢慢攀爬能触及那里

暮秋的夜

去不知名的村子隐居
借一粒豆大烛火，读书写字
风从窗外看到，把冰冷的手伸进来
揪住你的双耳

本以为此从闹市中抽离
过想要的清静不被发现

在风的面前你却无处遁形

像一个犯错的孩子

一　日

这一日，因再次奉上假意的笑
与言不由衷的话
而感到油腻

为此，用掉十平米暮色清洗自己
用月光的肥皂反复涂抹
这一日很快
就像一枚叶子，落进暗夜

一　景

母亲养了两条狗几只鸡
母亲，专注的择菜时

狗安静地伏于母亲脚边
鸡，专心地啄食
在厨屋一堵雪白的墙下

立　春

苦于一直找寻不到那个
藏在时间背后的推手，我掷出
白雪的旗帜，向时间投降

春天近在咫尺
我的花园未剪，谷屋未清
路过的人，别打扰
我潜心劳作

春天稍纵即逝。我已枉费了青春
余生只能用手指丈量

火车偶遇

坐火车选临窗位置
脸侧向窗外——
这样专注的定格，不外乎
车厢拥挤，而我有一册长卷在读

独有一次。对面两个年轻男女
他们飞快打着手语，嘴里不停"啊啊"
激动时，女孩猛拍男孩肩膀
男孩也回掐女孩的脸

车厢静极
我仍愿他们继续旁若无人的笑
后来，这一幕
时时从火车的窗玻璃上跳出来

像一对欢快的小马驹
陪着我在车窗外一路奔驰

特别推荐

坐在月亮的对面
（组诗）

杨瑞福

西　湖

西湖把许仙介绍给白娘子
不成功的经历，让湖面上
多了一座悲伤千年的断桥

它不灰心，在平湖秋月
把秋天的月亮推荐给湖水
它把路过的黄莺，介绍给柳树

花港观鱼，肯定是它牵的线
花和鱼才有了一场热恋

但西湖不知道
倒塌后重修的雷峰塔
最终究竟爱上了谁

奔跑的灵魂

我生活的城市
被装在一个硕大的齿轮箱中
汗水是润滑剂
每一个人都如此忙碌
四处奔波

有时，我来不及看清他们的背影

杨瑞福，男，上海市作协会员，中国诗歌学会会员，正高级高工。从1979年开始写诗和散文诗，八十年代起陆续有作品发表在《星星诗刊》《黄河诗报》《扬子江》《上海诗人》等多种诗歌报刊上，散文诗入选《上海散文诗十六家》，出版诗集《把阳光贴在窗棂》，诗歌代表作品集《诗之悟》。获得过上海和国内多次诗歌比赛的奖项。

就被一阵雾吞没

一年中，只有归家时
可以坐在月亮的对面
用荧屏上的故事，虚构自己

时间深处

闯进一片密林
依靠被树叶切割的余光
辨别前行的方向

迷路是常有的事
时间没有指南针
只有风能够自由出入

开在脚下的山花
向小溪吐露生命的疑惑
开放之后的匆匆凋谢
把沉默变成了唯一

穿过麦香的记忆

麦熟了，收割机开来
曾经的麦浪消失殆尽
谁在一地的狼藉中闻着麦香

麻雀迫不及待地飞来
希望能发现麦子更多的遗体
它们认为不劳而获是真理

田野一下子静寂了

同时静寂的，还有回忆

额济纳的胡杨林

胡杨最佳的观叶时间
据说是二十天，在中秋前后
赏叶的难度远大于赏月

额济纳等待着慕名而来的游人
它很泰然，无论有多少人前来
之后寂寞的命运不变

叶最黄的时候，我看到了
阳光的金黄、流沙的金黄
它们都是胡杨，怅惘的前生

泛舟乌海湖

在黄河的身上狠切了一刀
剖腹而生了乌海湖
很欣慰，可以把源头跟随而来的很多水
留在乌海，不再随它一路受苦

水不是完全的黄
微微的绿，这也许是从黄河
变为一个湖之后
心不再浮躁的结果

河是流动的
在不停的流动中感悟
湖是静穆的
在微微的波澜中思考

故乡已恍如天涯

——兼评张年亮诗集《行吟江左》

杨斌华

负气出走，只为了换一种活法
背井离乡的时候
已经揣着严重的内伤

肋骨隐痛。月光皎洁的夜晚
异乡人，悄悄打开身体
检视肺腑和肝脏。柔肠寸断

——张年亮《异乡人》

我与张年亮多年前在一次诗会中相聚，一见如故，相谈甚欢。此后偶有微信交流，更多的是默默关注，对于他具体的文学创作，我其实并没有太多的了解。"结撰至思，兰芳假些。"（屈原《招魂》）此番阅览他精心创作的诗集《行吟江左》，开始对他的诗歌创作有了较为完整而粗略的认知。诗人善于"将尘封的往事逐一织进小小的球拍／历史的羽毛／在时空的经纬间，瞬间失重"，他"忍受着灵肉分离／空荡荡的皮囊，如浮云般漂泊／而闪电聚集在你的碑顶／此刻，我浑身战栗／准备承受雷霆"，他深知"有团圆必有分离／有苦旅必有归程／青青的一束艾草，蓬勃着人间的清明时分"……

《行吟江左》各辑分别以"屐痕蓑影"、"乡关何处"、"咏物怀人"、"人生感悟"、"绮情艳恋"命名，言情抒怀，留痕世相，指涉了其生命历程以及精神返乡途中的多重面向。同时，也正像诗人在诗中所自谓的："失去故乡的人／已无所谓希望或绝望"，"天涯海角，意乱情迷／你长长的根系紧紧攫着我的灵魂"，"从来日方长到永垂不朽／我们用阳物续写着各自的编年史"。我想，《行吟江左》的结集出版对于张年亮个人写作的意义，或许正在于此。

"长江悲滞／秋风将落叶，一波又一波／扫进江南……我的热血会溢满胸膛／一声又一声喊出：亲娘／九月的思念／是无边落木的萧瑟／是雁过楼空的苍茫"（《九月的思念》）

显然，张年亮的诗行中时常凸现出古典诗歌的经典意象或语句，这样一种自然的语词嵌入和转换，也真实体现了他的文学素养和深厚修为。正像现代诗中许多蕴蓄及化育的古典意象，能够让我们穿梭于古今之间，感受着那些跨越时空的情感共鸣与美学交融。张年亮的诗歌以其自由不羁的形式与深邃丰富的内涵，常常巧妙地融入古典意象，为其诗歌空间增添一抹独特的韵味。所谓古典意象，宛若文化长河中遗落的珍珠，历经岁月的磨洗，依旧闪耀着智慧与美的光芒。它们或者是月下的孤影，寄寓着诗人无尽的相思与孤寂；或者是江上的渔火，映照出诗人内心的温情与希冀。在张年亮的笔下，这些意象和词句被重新照亮和赋能，它们不再是简易单调的风物描状，而是再度熔炼了诗人的丰沛情感和哲理感悟。古典诗词中的花卉、草木、山石等自然景物，以及琴、棋、书、画等文化符码，也时常弹跃和显现在张年亮的诗中，成为诗人营造诗歌意境、传达情志意绪的重要元素。这些语词意象的锚入及变异，不仅丰富和提挈了这部现代诗集的

表现手法，也使得张年亮的诗歌写作更加具有文化底蕴和语言魅力。当然，不必讳言，对张年亮及其《行吟江左》而言，这样一种语词变异和技艺再造的创新度和新颖性还有许多有待上升的空间，在某些诗句的语义融合度方面，甚至存在着一些抵牾与瑕疵。

新性运用，简而言之体现在以下诸多方面。

首先是意象变换的跨时代融合。优秀的现代诗人能够巧妙地将古典意象融入现代诗行之中，实现时间与空间的双重跨越与奔赴。例如，戴望舒的《雨巷》中，"丁香一样的结着愁怨的姑娘"便是对古典诗词中丁香意象的现代化诠释。《行吟江左》也有许多跨时代融合的意象变换。"邻家女孩的小手／还像柔荑一样在风中摇晃"（《荠菜》），"你是枝头那粒最红艳的朱砂／齿如编贝"（《石榴》），"江边的春草亘古不息／郁郁萋萋／有一蓬春色淹没了沙溪"（《沙溪"三月三"诗会》），"那等在季节里的容颜／忽然有飞天的红晕"（《写给诗友木朵朵》），"雪线之上，一朵莲花升腾成白云／卓卓已经羽化"（《天葬》）……"柔荑""朱砂""春草""飞天""莲花"这些意象不仅保留了古典诗词中的愁绪与哀婉，还融入进了现代人的情感体验，使古典与现代的不同情致在情感层面上达到了共鸣、共融和共生。

其次是意象变换的多重意蕴拓展。现代诗人在运用古典意象时，往往不拘泥于其原始含义，而是进行多重意蕴的拓展。这种拓

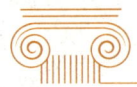

展使得古典意象在现代诗中呈现出更加丰厚的意蕴和层次。例如，月亮这一古典意象，在古典诗词中多用来象征思乡、怀人之情，而在《行吟江左》中，它被赋予时间流逝、孤独与自我思省等多重复杂含义。例如："秋虫呢喃着好听的吴语，总是在半夜将我唤醒／饱满的月亮俯下身来，像温柔的乳房"（《又到中秋》）"荒村寥落，洒满唐朝的月光／龙钟的母亲枯瘦成最后的风景"（《故园》）"今夜，我怀抱一团柔软／也怀抱半空明月"（《露从今夜白》）……"思乡"之外，更多的是"孤独"。

再者是意象转换的当下性重构。现代诗人通过对古典意象的变异和重构，使其在另一重文化语境下焕发出新的生命活力。这种重构不仅体现在意象的表现形式上，更体现在其背后的文化内涵和情志熔铸上。例如，"点点秋雨打在西窗／打在我心上／让我想起唐代的巴山／还有更远的巫山"（《秋雨秋安》），"窸窣的裙裾，渐行渐远／秋雨梧桐／萧疏的僧庐，星星点点"（《我的身体里早已落叶纷飞》），"当初我们情迷津渡／我就说过／会雾失楼台"（《穿过雾霾来看你》），"人到江南，注定命犯桃花／楼台津渡，烟柳画桥，薄雾轻纱／还有灯火阑珊处的她"（《江南的爱情》）……这些诗句将古典诗词中的山水意象与现代都市景观相结合，通过切换、对比与融合，展现出了都市人的心灵困境与对自然风情的浓情回望和内在凝视。

最后是意象变换的跨文化交流。在全球化的背景下，现代诗人开始注重将中国古典意象与外国文学、艺术等元素进行跨文化交流与融合。这种跨文化交流不仅丰富了现代诗的表现手法和审美体验，也促进了不同文化之间的理解和尊重。这类诗句在《行吟江左》中也多有出现，例如，"你倒卧的身体有如丰饶的城市／美丽得无法设防"（《维纳斯的诞生·提香》），"你的站姿娇慵无力／现在，小镇的天空正扛着瓦罐／预备淋你一身"（《泉·安格尔》），"你闪动星目，低首含情／我手足无措，叹为观止／你的微笑里有密封的爱情"（《蒙娜丽莎·达芬奇》）……在诗歌中融入西方绘画中的光影效果或音乐中的节奏韵律等元素，使古典意象在跨文化交流中重新闪现新的能量魅力。

不知今夕何夕
故乡已恍如天涯
江南的爱情
让答答的马蹄，变成朵朵莲花
　　　　　　——《江南的爱情》

在《行吟江左》里，既有许多怀古思贤之作，更多的则是具态描写独特地理风物和至爱亲情的诗作，构设了诗人眼前和心中一个满含故园恋念和深挚情怀的乡土世界。诗人在《露从今夜白》里这样写道："今夜，我怀抱一团柔软／也怀抱半空明月／想到这么多年背乡而眠／脊背一阵又一阵发凉"；

在《故乡的冬至》这样写到:"最卑微的人民撰写最丰厚的历史／英雄,只是悲情的回望／漂泊的人,只有一个心愿／回家过年"……张年亮或许是在试图借助古典元素与历史情怀,在现实语境下构建出独有的诗情与意境。并且,通过回瞻故土家园和历史文化,藉此与现实形成对话,表达对当下现实遭际或个人境遇的反思与感喟。这种对话不仅体现了诗人对历史的尊重与传承,也展现了个体对现实的敏锐洞察与深切思虑,更可以激活人们对传统文化的认同与传承意识,让诗歌书写承担起唤醒文明记忆的使命和职责。

现代诗历来刻印着创作个体的乡土情结,绵远流长,传诸后世。乡土情结如同一股不息的清泉,滋养着无数诗人的心田,也汇聚着人们对故土乡情的深度凝视。它不仅仅是对地理空间的回望与摹写,更是对某种文化根脉、情感牵念与精神皈依的深刻追寻。乡土情结,在张年亮的笔下,往往化作生动丰繁的多元画面:是村头那棵老槐树下的童年嬉戏,是稻田里随风起伏的金色波浪,是黄昏时分袅袅升起的炊烟,是雨后泥土散发出的芬芳……这些情感文化元素,被作者以独赋魅力的语词串联起来,编织成充满温情与哀愁的诗篇。张年亮诗中的乡土情结,往往蕴含着复杂的情感层次。一方面,诗人对故乡有着深深的眷恋与怀念,那里的一草一木、一砖一瓦都承载着他过往年代的欢笑与泪水,是他精神和灵魂的停泊地。另一方面,随着时代的变迁与个体的成长,他又不得不面对与故乡的疏离与隔阂,这种矛盾、困惑与挣扎在他的诗行间,被袒露、直陈和透示。

> 大地,流淌温暖的河流
> 一定能容忍坚硬的岩石
> 金斯堡的嚎叫,肆虐艾略特的荒原
> 而雪花,江南的雪花
> 温润地抚平一切
> ——《余味》

张年亮《行吟江左》里有不少富有意味的诗句,组合且钩织成他的诗歌特有的语词结构和风格。这些作品往往蕴涵着诗人内心的眷顾与恋念,将他与故乡紧紧相连,无论身处何方,都无法割舍那份对故土的深情。同时,他的作品又大多携挟和隐现出一种复杂的情感纠葛,呈展为现实与理想之间矛盾、冲突与拚争的真实面影,多重多样的情感元素相互交缠、融合,化合为一种乡土世情与境况的独特照影。

我们在勉力拥抱远方与未来的时候,只有谨记适时回瞻身后来路,方能不致于陷入精神迷失。我们对今天的乡土现实也需要予以重新认识和理解,并不断寻求对传统"诗意"观念的破解和延展,打造一种"去诗意化"的综合的传达能力。文学需要重新关注现实,重新成为时代的心灵。张年亮的诗歌主张,也正是"关注苍生,面向草民,以手写心,张扬性灵"。值得关切的是,即时性的本土写作在与生活现实的交织融合中,既凸显为城市观念、视角和因素的浸润与契入，又呈现出传统乡土叙事的浪漫化和诗意化想象的逐步退隐，即所谓故乡、家园概念及其情感意义的普泛化。它们在着意表现被遮蔽的现实世界的多面性，袒露现代化进程中人们的内心敏悟与痛感的同时，也多少触碰到一种复杂境遇下错动而间离的情思和慧智。我想，张年亮的《行吟江左》某种意义上或许就是对这一问题的一种文学应答。如果说要让我们对他的作品有更高期待的话，那就是他如何持守自己的文学情怀，在书写方式的变与不变中扬弃自我，使作品更能召唤起读者心灵的震撼、警醒与深思，真正成为一种不可或缺的文学存在。

《行吟江左》里的不少诗作，正因其简约、淳朴、率真、深情，所以格外能叩击读者的心弦。对生活过于规整平淡的都市人来说，过往的生活经验带给了我们局限性的习惯和约束，他们渴望回归自然幸福的生命状态。而人们在自我拚争的精神游走中，皈依故土家园的万般乡愁及其苦吟与唱诵，莫不正是一种自我的心灵疗愈？一如张年亮在诗中所写到的："我的世界失去了平衡／只因为，你温柔的重量"。（《你温柔的重量》）而"回家的路飘满落花／空空的行囊早已千金散尽／现在装满了牵挂……"（《秋思》）

对于诗人张年亮而言，一个已然不能改变的事实是——

故乡已经退化成遥远的风景
有路的地方你总是疯长
荠菜的经脉，连结远方，连结心脏
啃咬一口
饱胀的，都是回家的欲望

——《荠菜》

2024年12月7日

诗坛过眼

"无技巧"的本质
——许廷平诗读札

王 云

  诗歌不可无"技术",但是技术参与程度的多少,如果呈现在语言文字的表征上,往往会将作品引向"传统"还是"先锋"的风格分化。"先锋"的路线从来不乏实践者,许廷平显然不在此列。作家郑兴富先生对他"无技巧"三个字的评价可谓精准。所谓"大道至简",一个诗人不依赖"外在",用晓畅的文字、干净的行文,达到诗歌打动人、抒己情的本质目的,是一件不容易的事。我们须从他看似"无技巧"的文字表征之下,回到一些追求诗歌原旨的理论那里,去探求其中的深层写作逻辑。譬如歌德对诗歌本质、技巧与内容主次关系的认知。

一、立足现实,吟咏乡土

  歌德始终将诗歌的题材、主题置于技巧之上,他说:"诗歌的真正力量和作用全在情境、主题,而现实生活是真正的核心。"以此来解读许廷平的诗也是合适的,诗人正是立足现实,以他所生活的土地上的风物为诗歌的根本出发点。聂鲁达曾被评价"以诗歌中自然、质朴的力量,唤醒了一个大陆的命运和梦想",许廷平的诗也许尚不足以"唤醒一个大陆",却可以唤醒读诗的人对陆地的梦想:因为在他的诗中,"陆地"的比例很重,许廷平的诗作集合起来,是一场对乡土的大型吟唱。"陆地情结"统摄着他创作的旨归,诗作集合起来是一场对乡土的大型吟唱。他的诗中有昆仑山:从没有想到,我与昆仑山/靠得是如此的近/伸手一摸/就触到了雪山上的云朵(《去昆仑山吧》);有自少年时代起成长的地方奎依巴格:在我的身体里,住着一个地方/她的名字,就叫奎依巴格/我的少年,我的青年,我的中年/奎依巴格,没有说一句,却伴我走过地老天荒(《奎依巴格》)。作为一名由少年时代由四川迁居到新疆的"油二代",他的身份认同和"乡愁",天然地多一分复杂,即使回到真正的原乡四川,写诗的时候也还会

触发关于另一个家乡的思绪：

我其实很早就离开故乡／去遥远的新疆／去塔里木的一座油田了／但故乡的味道／却成为我的独家记忆……西去东往，多年以来／乡音，是我从／西部的帕米尔雪城高原／寄向故乡的信笺（《石油人的乡愁》）。

许廷平的诗，呈现出重情韵而轻形式、节奏之下暗含力道的特征，因此在阅读过程中，有时会让我想到似乎并不相干的汉乐府。像这首《归途的沙漠》：

在盘橐城，我见到了投笔从戎的班超／一路从长安来到了喀什

一定经历了那么多思乡的戈壁／与那么多归途的沙漠

整整一个下午，我都在盘橐城／追寻班超的故事

在盘橐城，我仿佛走进了汉代／成为班超的一名使者

这样的诗，置换到另一个时空里。可以是《行行重行行》，也可以是《饮马长城窟》。"力道"的存在与否相当重要，对于外在形式并不显特别的诗路来说，更是质量的关键，它可以像一条隐形的抽绳将诗歌绷起来。这种力道，有时候来自对节奏的强调，更多时候来自诗歌内容与节奏的配合。许廷平诗歌的多数主题，都是对西北地区（尤其是新疆风物）的吟咏，因为天然具备订阔、清刚的气度，恰到好处地中和了诗歌外在形式的不事雕琢，使得诗歌气质不显软弱，事实上，这也是许廷平诗歌的整体气质。

脚下踏足的土地之大，足够诗人吟咏而不重复，在怀揣着真挚情感的篇章中，他对新疆的书写达成了多层面的覆盖。从胡杨林：夏马勒的胡杨林，热情，激越／一如生命中／繁盛的呼唤，一夜之间／复苏了大地上所有的棉花（《夏马勒的胡杨林》）；在曲尔盖，我问漫天的胡杨／巴尔楚克象征着什么，胡杨告诉我／是一切都有的意思；在河畔，我还第一次遇见了胡杨开花／友人说，胡杨的花飘落到哪里落下／也许就会在哪里生根（《与巴尔楚克相遇》），再到草原和古丽：我问热娜，这片大草原叫什么名字／热娜说，这片大草原没有名字／谁来，这片草原就属于谁……我们给她起一个名字好吗／叫什么呢／就叫热娜古丽的草原（《热娜古丽的草原》）

歌德认为，诗人应抓住"特殊"二字，并且要最终在对"特殊"的打磨中达成个人创作的统一调性，通俗理解，即是形成"风格"。好的创作应该是将生活中常见之景化为"表现力"这座舞台上的卓尔不群，这是通过作品将素材高度典型化的过程。许廷平抓住的"特殊"，其中主要的组成部分正是来自不太常见的乡土风情。

二、感于哀乐，缘景生情

诗人本生在巴蜀，却在少年时随家迁居至新疆，他对新疆这片土地有着毫不做作的身份认同：多么宁静而恬然／这月光中的

石油／坐落在慢时光里的奎依巴格……陪着你开采的／石油与月光／陪着你亲自栽种的／白杨树与沙枣木／走完陌生而细致的梦想（《慢时光里的奎依巴格》）。但与此同时，并不意味着他就忘记了千里之外南方的身生故乡，可以看这首《正月》：

正月，在雪地上早早地醒来／这是一个名叫奎依巴格的地方／只要你不走出二百里绿洲／就会发现其实塔克拉玛干沙漠离家很远／以及世外的桃树／正在我们的身边一枝一枝地长高……那是奎依巴格的红泥／在除夕的后半夜／辉煌而又古老的沉淀／老乡们燃放鞭炮的时辰／与拜年的习惯／叫人想起江南……

就作者而言，因为被注入了"迁徙"二字的成长经历，他的"故乡"的概念总是经由思绪来回穿梭的，乡愁中既有对南方的牵挂，也有对第二故乡的深重情感。作者笔下流露出对奎依巴格地域风情的无限眷恋，下一笔却又陡转向江南同时，"老乡们燃放鞭炮的时辰与拜年的习惯，叫人想起江南"，在千里一线的思绪牵连中，在文化风俗的对照中，流露出的是成分复杂的乡愁。又比如这首《故乡的河》：很小很小的时候／故乡的河在我的心目中好大好大／当我远离故乡的时候／故乡的河在我的心目中好长好长／如今，我经历了千山万水／在跨越三十年后才回到了故乡／却发现故乡的那条河啊／变得很浅了／这让我都陷入了痛苦的沉思／很长一段时间／我都走在故乡的山路上不能自

拔。在孩子的眼中，家里的院子总是特别大，门前的路总是特别长，故乡的河也无限广阔，这些意象是一个人童年时建立起的对家乡的最初印象，也必将成为日后乡愁的种子。待到长大后归乡，记忆中的"大"和"长"却不复存在，河依然是过去的河，变化的是人，乡愁的意蕴在此刻越发浓重起来。整首诗通过人的所见所感，借故乡河的不同印象，层层铺排，加深对乡愁之情的抒发。

依照歌德的理论，诗歌的本质应该是对自然风光的描绘与抒情的结合。照此标准考察，前一点许廷平已经做得足够充分，他的笔下流淌出的吟唱几乎无一首脱离独特又典型的乡土。在内容层面的乡土描绘之外，诗歌的艺术层面上，他围绕着这些内容展开的情感主调也很明确，即是思乡，情感经过写作的人处理，最终达成诗化。诗意的情感和自然达成统一，这是许廷平作品对"诗歌本质"的个体阐释。

三、歌以咏怀，自成行吟

总体来说，许廷平的诗歌达成了对歌德所谓的"诗歌本质"的要求，他的诗中有浓厚的情感和鲜明的地域风情。比如《克孜勒河畔》，是一首我很喜欢的短诗：

热娜对我说，克孜勒的羊群都是幸福的／我抬眼一望河畔／看见两只小山羊，一只白色的，一只黑色的／正在河畔一个小小的土坡向上攀爬

这一刻，似乎所有的山峦都是静止的／似乎所有的风都停了下来／都在静静的等待两只幸福的小山羊／翻越爱情与山岗

从形式上看，该篇并无特别之处，只仿佛一幅小张油画，却恰到好处地糅合了只有自广袤大地上才会生发出的深情与朴质，诗人善于捕捉细节，为诗歌增添真实可触的质感，全诗洋溢着充沛的诗情和浪漫主义。此外，许廷平的作品还有一个非常重要的特点，就是行吟风格突出，这一点主要是由句行的节奏感和诗句中明显的行动线索叠加带来。

节奏方面，诗人用了一些长短间错的句式，形成诗歌自然的节奏起伏，也有一唱三叹的手法运用。例如这首《花儿，为什么还是这样红》：

在坎尔洋，我听见了／冰山上来的歌声／歌声在问：花儿为什么这样红

为什么，还是这样红……

我再一次听见了冰山上来的歌声／犹如天籁的音符／歌声传来：花儿为什么这样红／为什么，还是这样红。首尾两段互相衔接，回环往复，既是情感强调，也通过长短句结合、反复咏叹形成节奏，强化韵律节拍，使得诗歌更加朗朗上口，适于传唱。又增强情感抒发和节奏感。语言婉转、情感缠绵，诗中有故事性，符合传统行吟诗的诉说特性，十分动人。

再看"行"的部分，汇总诗人的作品横向察看，可以看到诗人的脚步遍布新疆，从坎尔洋到班迪尔蓝湖、到石头城、昆仑山上的盘龙古道、克孜勒河畔，每到一处，诗人都细致描绘在地景致，如"班迪尔蓝湖，被帕米尔的群山托起，太蓝了，蓝到天际，蓝到永远"（《花儿为什么这样红》），"在石头城，我还见到了古兰丹姆，她正在给远方来的客人／亲切的做讲解，并愉快的合影"（《帕米尔的来客》）。

以单篇纵向考察诗歌中显著的移动性，《去昆仑山吧》一篇是不错的案例：

告别了塔什库尔干的细柳／告别了石头城上的古兰丹姆／就这样，来到了昆仑山上／来到了盘龙古道……

从没有想到，我与昆仑山／靠得是如此的近／伸手一摸／就触到了雪山上的云朵

从没有想到，我在丝路古道／走得是如此的远／一走，就来到了帕米尔高原／一翻山，就来到了盘龙古道……

不用说，今日走过了所有的弯路／前路，仍然是遥遥无期／还有那么多的感激／需要翻山越岭

去昆仑山吧，高原缺氧／从来不缺信仰／高原缺人，从来不缺有情怀的人

从"塔什库尔干""石头城"出发，历经"昆仑山""丝路古道"，最终抵达"帕米尔高原""盘龙古道"，仅是在一篇之中，便聚合了高强度的空间转移，给作品强烈的"行"的特征。再加上此前作者已经完成的大量的景物意象描写和充足的诗歌情绪，三者结合，最终架构起了颇有行吟诗特征的作品。

诗坛过眼

《秋月曲》：一条智能化时代古典写作的隐秘水路

宋　朝

　　2025年伊始，Deepseek（以下简称DS）横空出世，人手一机，一键即可生成诗歌，相信对所有写作者带来了困惑和思考：诗歌写作的未来走向是什么？

　　DS时代的到来是对人类全新的考验，对许多领域而言是掌控机器，还是被机器掌控，往往一念之间。诗歌写作是人类特有的隐喻思维产物。神经科学研究表明，诗歌创作涉及右脑的意象整合与左脑的语义加工协同作用，这种跨脑区协作产生的情感共鸣是当前AI无法复制的。从这个层面来讲，在信息碎片化的社交媒体时代，"诗言志，歌咏言"。真正有创新，能"诗言志，歌咏言"的诗歌仍将成为对抗认知扁平化的文化堡垒。人类对诗意的需求，始终是文明演进中的元命题。作为人类意识最后的自留地，诗歌创作如何保存不可数字化的精神火种？不同的诗人都会探寻属于自己的最独特最隐秘的路径，其中进行古典传承并结合当下语境发展者，诗人李本在其诗集《秋月曲》中进行了很好的尝试。

　　上午时分，有人把高高低低的兰草搬出来，放在台阶上晒太阳，因此我们也得以欣赏那些深深层叠的绿意。这是这个冬天的午后，我阅读《秋月曲》的真实场景。不是手机的翻页，而是窸窸窣窣地翻动纸张，一丝干凉，兰草的呼吸，阳光下树叶的漏影，暗合了这本诗集的内在气息。

　　阅读《秋月曲》，个人觉得是要洗净双手的。古人要焚香，我们可以不必，但保持一种肃静之心是必要的。说不上仪式感，只是出于一种对诗集中138首作品的回应。要知道，那些作品虽然制幅短小，诗中透出的旷达、禅思、古典意境值得人神游天外。小诗如小令，蘸和了水、墨、花青、胭脂、藤黄诸般颜色的山水小令。

一. 以现代禅诗承载并发展古典意蕴及其精神

诗集开首即时一篇《我们看山去》，为整本诗集定了调子。

《我们看山去》
一只乌鸦偷走一颗乌桕子
向阳的松塔有更完美的裂口

如果格物
我们将致知一个啼笑皆非的世界

我才不会去丈量你的情感
因山色被遮蔽之处
才有葱绿暗蓝

我只消说
去
我们看山去

这首诗一上来就有着很深的禅诗意味。禅宗传入中国后，与中国传统文化相结合，形成了独特的禅文化。禅诗，就是禅文化与诗歌艺术相结合的产物。禅宗与其说是对于教义的研究，不如说是一整套方法，当我们睁眼看世界时，可以借由它去发现和探索。诗人也是用同样的方式来思考，认识万物无常、不断变化和相互依存。我们并不需要成为佛教徒，但是我们可以在禅诗中感悟。

禅宗精神在于参禅者与万物之间对应。对话。其立场"非一也非二"的禅意立场。对于大多数诗歌来说，要么主观，要么客观，而禅诗呢？是，又都不是。"如果格物，我们将致知一个啼笑皆非的世界"，"我才不会去丈量你的情感"，体现的恰是"因无所住而生其心。"《金刚经》有云"应无所住而生其心"，意即不论处于何境，此心皆能无所执着，而自然生起，不执一端。每个个体也都有其独特的轨迹和其生命存在意义，需要自我去体味世界的赋予，并悦纳之。这种化复杂为简净，需要去在"看山"中感知，延展，对生命进行深远与超脱的寄意与体验。

禅宗常借自然万物来传达禅理，李本的诗也大量运用自然意象来寄托情感与思考。如《我们看山去》中乌鸦、乌桕子、松塔等自然元素，诗人借这些意象展现自然的生机与神秘，暗示着对自然与世界的独特感悟，如同禅宗通过对自然现象的观察与体悟来领悟禅机，在自然中寻求心灵的启迪与解脱。

和李本交流，何以诗集取名《秋月曲》？这似乎有很古旧的意味。

她回答：正是正是。月亮在禅宗中具有深刻的象征意义，常被用来比喻佛性、心性和悟道的境界。禅宗作为佛教的一个重要宗派，强调直指人心、见性成佛，而月亮的意象恰好契合了禅宗对心性澄明、无所执着的追求。

她说自己非常喜欢李翱写给药山禅师惟俨的第二首七绝《赠药山高僧惟俨 其二》：

选得幽居惬野情，终年无送亦无迎。
有时直上孤峰顶，月下披云啸一声。

这便是了！李本的一首《秋月曲》从意象的选择到境界的怀涵，很显然承继了其中的超脱物外，达到心灵自由的一气呵成的书写气质，也正是其古典主义精髓的体现：

《秋月曲》
安睡于山中青鸟的叫声
又醒于芦雁飞过的暮色
我是月边的一轮辉
沐着孤峰顶的积雪
在松林间游移

我是世间万物的相对
我是空
我是翅膀
我是羽毛一样的手掌

只有潮汐知道我的踪迹
夜夜为我奏响小曲
也为我覆上碎银般的外衣
覆盖无垠的淡淡静寂
以及偶或的激艳千里

"我是万物的相对。"把持住内心，就是应对万物的根本。内心澄澈，则万物澄澈。对于纷纭繁杂的现代社会中人，对传统境界，用新古典的写作手法进行独特的表达；就是一种作为人的知觉力的最好呈现。其中的情感含量，审美意趣，音律调式，内部逻辑都相互协同，决定着诗的走向。这其中的气韵，就是作者独有的，AI不可模仿的部分。

她的另一首《之上》，同样传达了对"月亮"这一古典意象的现代演绎：

《之上》
风声在松塔之上，柳林
在河流的弯曲之上
海芋的白色奏鸣曲
在云雾之上

丹顶鹤的伫立
在悲伤之上

我的孤独
在我的世界之上

月光
在一切之上

这首《之上》，借物暗示出一种对困境的超越；而"我的孤独，在我的世界之上"，

直白地袒露内心孤独凌驾一切的状态，这种孤独并非消极沉沦，而是一种清醒且独立的坚守。

诗的前半部分通过自然意象描绘出宏大、开阔的宇宙场景，结尾"月光，在一切之上"将意境进一步升华，月光作为一种纯净、永恒的象征，笼罩万物，赋予全诗一种静谧、深邃又略带神秘的美感，让读者在诗中感受到一种对自我、世界以及更高层次精神境界的思考与探寻。在AI时代，如何从古典意象中汲取精神精髓，纳入主体参与，独特表达，将是有别于AI仿制的重要路径。

就当前诗坛古典化写作出现的文本来看，个人觉得有两点需要纠正的。其一是把古典化写作看成是对前人作品的复制和解读，其实真正的古典化写作并不是复古的，而是诗人立足现实生活，以当代的、全新的思想和角度，其文化背景是古代的、古典的，而作品的旨归是现实的，对现实生活是融入的，并且借助古典性重新发出新时代的光辉;其二是思想性的呈现方式。古典主义风格的作品并不是那种书斋式的，不关乎生命痛痒的吟咏之作，作品内一样流淌着诗人滚烫的血液，只是这样的血液，相对流得"平稳一些，辽远一些"，更有古典意味的"温润如玉"传承和对传统精神境界及生命哲学的终极叩问。

从古典诗歌的精神延续和传递角度，从1917年胡适等人倡导的白话诗运动开始，个人认为中国的古典主义诗歌并没有出现"断流"，因为就那个时期的诗歌写作来说，西化作品对中国的影响并不大，而西方美学还没有过度介入，这就为传统的诗歌向前发展"留下一条蜿蜒的隐秘水路"。不得不提，到了上世纪九十年代，西方，主要是欧化的经典性诗歌作品，诗学理论对中国文学场的冲击，出现了数量庞大的盲目的摹仿者。他们不管汉语文学的胃能不能消化得掉，就生吞活剥地吃进肚子里，以彰显自己写作的先锋、前卫、时髦。加之译介的强势冲击，欧化的翻译体大行其道。不符合常规格的句式，晦涩、多歧义的夹叙夹议，莫名其妙连作者也不知道在说什么的意象，貌似构成了诗坛的当代诗歌写作主流。

如果AI被喂养了大量这样的文本，包括作品及评论，可能对阅读者的思维造成不小的影响，有可能会固化到某一个域内，很难再出现真正承继中国古典主义精神的，又进行好的发展的作品。从这个意义讲，李本的诗歌创作不应被低估其独到价值。在真正的原创中，我们还可以看到中国古典主义写作的传承也并没有"断裂"，依然有极少数的写作者默默坚持并磨砺前行。从这个意义来说，不管西方洋诗歌再冲击，从中国诗经、唐诗、宋词一路传承下来的古典主义一脉，一直保持着清澈的、鲜活的流向，而这个传承方向，是和当代中国社会以及文学的发展的内部运行机理相一致的。

二. 以游记等体例式写作发掘新鲜，独特而深邃的诗意

从对中国传统文学的一脉传承来说，李本的古典主义写作有着更为广阔的意义。李本的诗歌除了受西方诗学的影响之外，更多的，是一种自觉性对古典文学的传承。我不知道是什么原因使她自觉地承担了这一"角色"，她本身的社会角色是上海大学法学院教授，国际经济法学博士，博士生导师。她以什么样的心力一边从事法学教育，一边坚持这样的写作，为读者献出一本山林之气、草木之香和禅思之味并存的《秋月曲》，该诗集还获得2020年度上海作协会员年度作品奖，直到读到她的一首《道场》：

《道场》
当我游荡的时候
并不只是因为它们
三苏祠的绿竹漪漪
或者敬亭山上孤云闲闲
我想我热爱的是
在那一刻
调动了我所有情绪和记忆的
并将再一次得到镌刻的
生命的痕迹
是的，那独有的发现
经由我的眼
我的神经末梢

和我永续着的
一颗澎湃的心

当我站定在那些
古老而高大的马尾松前
余晖有着何等
温柔的力量
为每一株树干
打上生命与落日的惊叹

她通过她的诗歌文本回答了这个问题。我将这种独特的经验列为一种以游记等体例式写作发掘新鲜，深邃诗意的路径。这条路径充满了对她所倾慕的自然万物，山水人文的精神皈依。在《来谒国清寺》中她记录了自己的体例，更指向了精神的自由与幽逸：

《来谒国清寺》
从养蜂场到隋塔
一路有清溪和稻花香
注流萦回之地
何物不尽法雨而起淋漓意
明月几曾轻抚 山岗佑护
拾阶的苔花亦慢摇生喜了

而你还将细数
碗莲的花瓣
悬檐木鱼的纹理
一株龙柏的凌庭而出

诗坛过眼

用一瓯明澄置放
整个寰宇的静寂
正山崖崚嶒处
适于碑石勒字
勒无声而过的
鸥鹭之姿

　　李本的作品中其中关涉游走四方的部分占了相对大的比例。诸如《行草记》《陌上》《过禅源寺》等篇章。可以看出，在素材选取上，李本有其独特的审美倾向。什么样的物象可以用，事物之间的相关联和内在逻辑构成，李本是有相当的考量的。这样，就在一定程度上保持了作品的"纯度"。素材之外，就语感的跳跃性，词语组合的陌生化、古典意境的呈现，能做到这样，这是需要很深的写作造诣和年复日久的素养，更重要的是她将写诗，发现新鲜、独特而深邃的诗意作为了游记诗的核心。这种来自真实的体例感正是AI诗无法达成的。AI没有个体原创那种身体力行的天然鲜活，及伴随其间的对生命本质的探寻，追问，升华。

　　她的一首《所遇》则回答了如何藉由体例来达致精神的超脱之法，这种诗歌的创造在某种意义也成为对抗智能化时代的一种典范。

《所遇》

藉由

一角鸱尾
而连接
高天之蓝
一枚黄栌
而摇云
一条荒径
而通向
幽微的泉声

藉由
晨昏的相扣
而知
寒露滴落
藉由
一苇渡江
而
跂予望之

　　李本这种以写景抒怀为主要形式的诗歌，除了专注于自然、节气、草木、兽禽、古迹、民俗的记录和描写，更加兼有人文、哲学、禅理的多重"生发性体悟"。在作品中，作者和所记录的对象，其角色是互换的，有时，他们处在双方的"对立面"，有时又"互为彼此"，这种物我两忘，天人合一的思想境界，更能达到诗歌的内在本质。当然，李本的游记诗的写作，只是游记性诗歌写作的"范本"之一，需要读者的更大的共鸣度。

三. 以饱含人性温度的诗歌样本，逾越 AI 生成式智能写作的叠障

在以高科技手段为社会主流的智能化时代，面对呼啸而来的现代科技生活，以前文学语境下的写作，究竟要以什么样的新形态出现，是一个问题。是以西方诗学的摹仿和大面积播种，手术式的移植和嫁接，还是从中国传统的诗歌美学中寻找可借鉴的营养，李本的诗歌算是一种揭示，也是一种对当代文学及诗歌写作的回答。

以高科技手段为社会主流的智能化形态日益多元，在本人经历了早期出现富士康集团启用车间机器人，深圳北站启用智能清扫车的冲击之后，现在伴承着 ChatGPT、Adobe IIIUSTRATOR(AI)、豆包、DeepSeek 等生成式智能软件的出现，惊愕发现不知何时中国社会已经专注于大模型研发和部署，人工智能涉及从物质到精神领域的方方面面。就其覆盖的应用场景所支持的智能对话、文本生成、语义理解、计算推理、图片视频生成、代码生成以及代码补全、联网搜索、深度思考这些基础的应用场景，从当前用户大量使用体验来说，被AI智能助手波及并感受到"威胁"的，首当其冲是在文字文学版块。比如文学的文本生成、文本批评，特别是一些诗歌界同仁，在体验了几天 DeepSeek 诗歌写作和评论之后，有人大呼评论家要失业了，诗人写作可以休矣之类的惊叹。

本着对新兴事物的好奇心理，笔者也加入到了体验的行列。综合起来看，的确，AI 生成式人工智能的兴起，对于文学写作造成了可谓巨大的冲击。不过，就冲击和坍塌面来说，并不是全面的，而是其中必将被大浪淘沙的，不具有人性原发气息的生涩牵强的部分。

就目前 DeepSeek 模仿和生成的现代诗歌文本特点，有人说是文化元素融合、创新与多样性。其实，就广大同仁体验的结果，DeepSeek 模仿后的文本特点，恰恰并不是上述所描述的。其语言特点主要集中在三处，解构性修辞矩阵、暴力诗学转化、后现代语体拼贴。在艺术特色上，具有权力拓朴学书写、反崇高叙事策略、沉默诗学构建三方面。把DeepSeek模仿生成诗歌文本的语言特点、艺术特色、风格溯源等方面综合起来观照，一个直观的印象，DeepSeek 所生成的新诗文本"具有非常鲜明的西方化文学的表现特征"，其核心表征就是"意象的晦涩"，也就是上述的解构性修辞矩阵和暴力诗学转化。运用 DeepSeek 写作，它可以把两个甚至多个看似毫不相干的词语，运用暴力铆合在一起，生成所谓的"奇崛意象"，"将日常意象如猪拱鲜花转化为权力的符号"。这些特征，也正符合了DeepSeek 锐评当下诗歌圈存在的"弊病"。综合起来看，一共约有四点。其一，精英圈地运动：诗歌沦为加密电报；二语言失血症：暴力的能指狂欢；

三现实感真空：悬浮木的抒情主体；四流量时代的诗性异化。

这些特征叠加，不难发现DeepSeek生成的诗歌文本，存在一个最重要的，也是致命的"缺陷"。基于DeepSeek是一种"使用数据蒸馏技术生成的高质量数据提升技术"，所生成的文本虽然有着超强的算法逻辑，却缺少，甚至没有"人的温度"。

文学是人学（高尔基语），试想一下，一首没有人性温度的诗歌作品，其艺术性思想性又有多少艺术价值？

关于人性温度的体现，在李本的诸多诗歌中非常醒目。她写《早桂花》，说"一株早桂花开了，蓦然冲走了一个人的忧伤"。她写《青萍帖》，说"风起，风起，我有小小的黄花与你"。在语言的构造上，她的《单宁》，"唯有檐上西岭／才能云翻天外／春水泊船吧／大部分的雪／都是流着泪走的"。

《瓦屋》
瓦屋最宜配
佛甲草
嫩黄的汁液
夹羼着云气暖碳
星子一样烁闪

有时为看远山的迷藏
有时是应答
夏夜墙角的红蓼寂语

如果是使用DeepSeek写作，能有这样的鲜活晶莹的心曲吗？

答案是否定的。DeepSeek不能，其他生成式智能助手也不行，因为它们没有生命意识，它们都只是"工具"。它能写诗，但没有"个人的痕迹"，只是人类曾在网上留下的文字的再整合。当然，基于DeepSeek强大的整合功能，在推理，逻辑等领域，其本身是可以成为很好的一种拓展性辅助工具，给出可供甄别的意见。例如，就新诗创作的在突围和重建方面，DeepSeek给出了三点建议：一是恢复诗歌的"及物性"；二是激活汉语的根性力量，在古典意境与当代语感间寻找焊接点；三是重建诗人的知识分子性，将个体经验升为时代的精神造影。笔者看来，DeepSeek所给出的三个重建的建议，无不是在说当代汉语诗歌的重要性，以及它今后的"走向"。这三点无不是在契合和肯定李本诗歌的特点和意义。

更重要的是，作为诗人，她葆有了一颗在喧嚣中站稳脚跟，继续人类原创的底气。且看2025新年伊始，她对AI本身深度求索后，采取的对抗与接纳的包容及突破态度：

《我与世界最深的联系》
山风吹来
板栗与马尾松的落叶
在青岩迂转之间
叩问我的行程

溪水拥有
不知来处的清冽
鹧鸪的啼鸣
偶尔响彻一两声

岐径
通向青冈木的山顶
在那里看弦月的初升
桂树和蟾宫有微茫的掩映

此行定已是
无数次山路之一种
不需回顾的翠微横柯
不需堕泪的群峰奔涌

我可以
对抗或者接纳
任何一种世间的深度求索

只因此刻或者以往
山在我的心中
我在山的心中

中国汉语诗歌需要这种及物的、鲜活的，充满了人文思考，有知识分子温度的作品。尤其是温度——流淌着鲜血的热度，洋溢着人性的光辉，有着作为人而取之于山海的"无尽藏"。

借用一句 DeepSeek 的话与广大文学界同仁共勉，"当更多诗人愿意走出词语的玻璃房，或许能在算法霸权中杀出一条血路。当代诗人需要回答的终极命题，是当 DeepSeek 能写出合格诗句时，我们的写作究竟在为人类精神的版图增添何种不可替代的坐标，这是追问本身，或许就是重生的开始"。

落叶与落发
（外三首）

牧　野

稀疏枯黄，留守的树叶
禁不住，西风肆虐
纷纷离家出走

所谓的，落叶归根
只是一个虚词
如果不是为了活着
有谁愿意，背井离乡

根根竖立的黑发
是我意气风发时
统率过的，千军万马
最终却成了，一个个逃兵

在资源枯竭的阵地
坚守的，才是嫡亲子弟
附着的外物，随它来去自如

望着光秃秃的树木
心中微颤，怎样的我
才能厉兵秣马，远离空门

山不在高

山不太高，登攀之前
我查过：有路
虽陡，但有石阶

站在山腰的我，回头
还可以看见，曾经跨越过的
一座座高峰

山不在高，在路
选择什么样的道路
就必须，承受什么样的磨砺

山不在高，在天
变幻无常的，大小气候
早已决定，攀登者的结局

攀越过无数高峰的我
此时，正躲在风雨交加的山坡
举步维艰

踏脚石

它说，那些年
站在假山的顶端
可以俯视，花花草草

工艺师说，这是
镇院将军石

星际牧场（组诗）

张春华

国学大师说，山不在高
西南角，必须有树

挡住白玉兰的，将军石
就换成了，一簇狗尾巴草

它说，即使躺平
还能保护一块草地
让更多的人，踏入庭院的深处

回　家

高速路旁的行道树
落下，最后的一张叶子
根，铺满了厚厚的土

孤零零的鸟窝
在寒风中，等待
不知飞往何处的小鸟
车，堵住了回家的路

迟迟不归的雪
是否找不到落脚的村落
大地，已经承受不了
压在心头的厚重

远离喧嚣的老家
越来越小
直到无法容下，游子
一具飘零的肉身

我　幽灵粒子

我　一直在那儿
从玛雅的月亮金字塔至太阳金字塔
从殷墟的祭祀章节至昨夜的星光航道
我始终穿透着你　穿透着
你大片的筋骨

我翻阅过你的灵魂之书
我的永恒便是你生命的永恒
我的层层折叠便是你的过去和现在
我同时弥漫你的呼吸　你的爱
你的思恋

后来　你决定捕获我
在行星的大陆版块　在地表深处
我伴随时光的河流汇聚成海　往后　某一刻
我会告诉你　每一座宇宙漂浮的岛屿上
都会有你的影子

星际牧场

奔跑的过程，便是猎杀的过程
————题记

透过你的黑障　肉眼
被蓝光切开一道口子　有关太阳的记忆
会一一清除

放养与追逐
始终围绕一根无限的轴心翻滚　公转
包括阉割过的灵魂

世仇覆盖　晚点的视线
蠕动的疆域　伴随一阵阵强烈的标注
留下的是坑杀　血咳

失宠的火焰　不放过
每一座有呼吸的城堡　重新提炼的元素
一路尖叫　捣毁低轨道的天空

火山的巨影　吞没丛林十字的尖塔
闪电的信使　熔化在一纸黎明的叹息里
行星之眼　摇晃　坠落

生命　注定会灿放
而留下齿印的　是那她表唯一出逃
接近零海拔的狐臭女娃

洞穴之谜

我始于洞穴，毁于洞穴
————题记

起初　我立于洞穴
中央　沿深蓝的背景向外攀爬
看一滴水晶与一粒种子
挣脱撕心裂肺的震颤　诞生出
星河的岛屿和涅槃的雏鸟

继续　向外攀爬
努力触摸一段段流逝的时光
我头颅的盖骨
嵌入一枚飞驰的行星的岩壁内
成为火的图腾的一部分

沧海一粟　最后
是一朵朵腾起的蘑菇的岛屿　告诉我
一路尖叫的灵魂　会从一个个
崩塌的洞穴　移植进一个个
铁红的新生的洞穴里

如一纸无辜的信笺（组诗）

杨 华

小 草

剪草机嗡鸣过后
野草们，再没秘密
它们横七竖八的躺着
一览无余的草坪
如一纸无辜的信笺

多么卑微的生命
一台剪草机，就这样
收割了它们的幸福

这些浅显的植物
不知道喊疼的植物
只要春风吹过，它们少女般的呼吸
一如往日

鸟 巢

对即将来临的寒流
疾驶的车辆，缓慢的行人
没有谁在意，躲闪在枝杈间
摇摆不定的一只鸟巢

深秋了，纷纷的落叶里
一只鸟巢有止不住的颤抖
它是一棵树最后的牵挂
也是一个遥不可及的隐喻

而当冬天来临，大雪飘飞
所有的去处都退无可退
一只安身立命的鸟巢
一只视死如归的鸟巢

没有被大雪覆盖的部分
多像天空，小小的污点

圣寿寺

院外，苦楝叶子已经落尽
它也在修行
院内，放生池强忍着内心的波澜
纹丝不动

菩萨和师傅，都隐在山林深处
脱离尘世的苦楝，正怀揣几枚枯瘦的果子
定定的，守望着远方

一条河安静了许久

一条静止的河流
有着不确定的远方
高空之下，它一直和两岸的倒影
相依为命

那艘帆船已经很旧
岁月早已掏空了它的心事
只有湿淋淋的喘息
让人心疼

再也无法回到从前了
一条河从此安静下来
仿佛还清了尘世的
所有心愿

人生的能见度
（外一首）

北 草

请在鸟鸣面前，不要喧哗
物语天籁，一如在一株木棉树下
默默聆听她，倾诉
生命如火如荼的
绚丽绽放

风雨辨识过的生命
有怎样的能见度
比如雨，不以文物自居
却可以怀古
比如风，不以过客自诩
却可以伤今
而我在风雨面前
只想说原话，走原路

形同如此，你人生的能见度
会不会很高

星辰最后的归宿是陨落为石
你我的归途是零落为尘
这样人生的能见度
你是否洞悉

冬至，我害怕口水虚设梦的路口

北风已吹在嗓子眼
我防洪灾一样防唾沫星子

冬至，夜长梦多
我害怕悬河一样的口水
虚设夜晚的月光
虚设梦的路口

不奢望口吐莲花
就一口唾沫一个钉吧
不和远方打诳语，对暗号
说出驷马难追，斩钉截铁的诺言
一诺五岳轻

不期许大爱无边
就一个萝卜一个坑吧
给人群和流水，亮明
只来一回，只爱一次
有去无回的身世

我不相信
二十年后又是一条好汉的妄言
但我相信，面对誓言
太阳不是独眼龙
月亮也不是睁眼瞎

在电话亭，他睡着了（外一首）

丁少国

曹杨路两侧有房一千间，他来不及抵达
来不及敲门。就近借宿在电话亭

四月二日下午，天气晴朗，他坐着的睡姿
隔着玻璃，分外清晰。中年的倦和蜷
裹在绛紫色冲锋衣里，压在行李包上

从来处到去处，从彼时到此时，
　　双脚常有卡顿
他如此，我也这般
在2平方米的工位中，我已蜷伏大半生

角堇花在亭外绽放，黄灿灿地笑
我看到他的童年，从曹杨路北端跑过来
脸贴在玻璃上，朝他张望

雨 水（外一首）

李海燕

午夜 从深深的忧伤中醒来
那忧伤 就像太平洋一样深
海水升腾成云 又汇聚成雨
一夜间 雨落尽了
清晨 世界重见阳光

曾经 那样地渴望被人理解
带着完美的执念 把自己锁进寒冬
直到这春风轻拂的早晨
雨水穿越千年 化为琴声

这一次 经历了雨水的洗礼
我们扎自己的根 发自己的芽
然后带着自己葱郁的梦想
一直向南飞

一场雨水 注定会带来一场改变
不管明天是雨是晴
我们谁都无法停留在原地

高空作业车

扳手，锃亮
螺丝帽、合金构件，锃亮

上午十点，时间新鲜
汗，也新鲜

临街商铺在装修，你获得一种高度
一举一动映入长空
天，抖抖新鲜的蓝，落在你身上
覆盖工装上的时光锈迹

没有什么可以掉下去
唯一例外，汗做自由落体运动，画出一根
　垂直线
插在地表
与高空作业车的斜臂，构成稳定的三角形

彼 岸

漫步在岁月的河畔
谁还能够清晰地记得遥远的从前
一次次地追忆 从来不是真相的还原
那不过是一次次地改编
我们不断美化着 逝去的似水流年
把往事 写成此刻心情的翻版

泥土里的根在岁月中腐烂
我们只希望看见 风中花儿的娇艳

从此
我们把叶子埋在昨天
我们把花儿叫做
彼岸

《上海诗人》理事名单

常务理事　　　　　　　　　　陈金达

王统照的诗及其他

韦 泱

在现代诗人中，王统照的名字似乎较陌生，不太把他当诗人，这可能是过去阅读的误会，或我的孤陋寡闻。当我读他的诗集《江南曲》，觉得应为他写几句话，至少应把我的阅读感悟和体会写出来。

《江南曲》初版于民国二十九年四月，由文化生活出版社出版，列巴金主编的"文学丛刊"第六集，这集十六册中，短诗集就《江南曲》一种，其余多为小说、散文或戏剧、长诗集。诗集选短诗十四首，分两辑，前面十二首为第一辑，后面有稍长的两首为第二辑。诗人在《自序》中，对为何用"江南曲"作书名，有如下的说明："用'江南曲'这

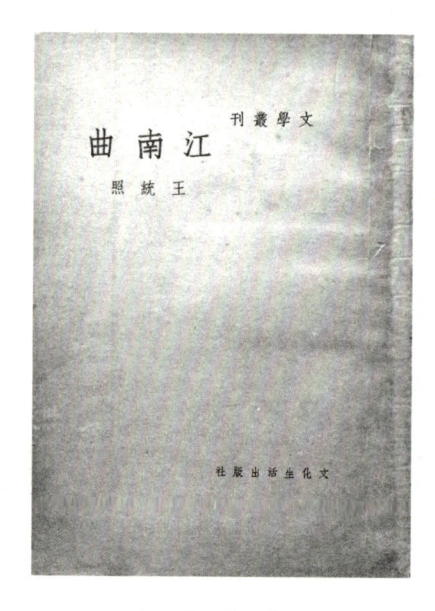

王统照《江南曲》书影

个现存的旧名，别无深意，只证明这集中的分行文字都是滞留在江南这片土地上时所写出的记忆与兴感。因为'江南春'太俗靡了，'江南怨'太悽惶了，且不与内容谐调，末后，还是藉用这个'曲'字，也藉以表示这些文字并非堂皇大雅的诗篇。然而，'曲'谈何容易，偷此一字尚觉慊然"！那么，在写作这些诗篇时，诗人有何感想呢？他谈到："生活于这样苦难的时代，也就是使每个人受到严重试验的年代里，无论在甚么地方，所见、闻、思、感的是何等对象，谁能漠然无动于衷？当情意愤悱，又无从挥发的时候，偶然比物托事，涂几首真真不能自已的韵语，固可少觉慰安，同时，也深增惭愧！我每每在写完一首之后，抚摩着手中的纸笔，茫然四顾，不知所可"。这说出了时代的悲切和诗人的无奈。再看诗歌《谁能从你心底把暮愁浇消》："谁能从你心底把暮愁浇消＼庭院、郊原，还有轻浮着＼梦痕的水道，一行弱柳＼一片桑阴，柴门外柔波＼荡影的小桥。听：音变了＼那婉转黄莺春光催老……"这样的诗篇，已然是成熟的现代诗创作技法了。因为，这已是他的最后一本诗集了。

王统照（1897—1957）字剑三，山东诸城县人，出生在一个富有的地主家庭，小时在家乡读私塾，一九一八年到北京读中国大学英国文学系，参加"五四运动"并开始创作小说，在《新潮》上发表。一九二一年，成为"文学研究会"发起人之一，该会创办《文学旬刊》（后改为《文学周报》）。这是我国第一个文学社团，成员中有不少写白话新诗者，如周作人、俞平伯、徐玉诺、朱自清、刘半农、冰心、朱湘、梁宗岱、刘延陵等。王统照编辑着社刊《文学旬刊》，他在这个社团中"诗龄最长、诗作最多、诗集最多"，一九二二年与刘延陵筹办中国第一个现代新诗刊物《诗》，后与鲁迅有交往，游学日本归国后到东北旅行，将沿途见闻写成报告文学集《北国之春》，揭露日寇的侵略罪行。一九三三年，他写下反映日本帝国主义疯狂侵略下民族危机的长篇小说《山雨》，预示着"山雨欲来"的国内局势。此书与同时期出版的茅盾《子夜》一起，被称为"两部现实主义的长篇巨制力作"。虽然此书大受读者欢迎，却遭到当局查禁，他不得不离开上海，去欧洲游学，到英法德意荷等国，两年后回到上海，接替张天翼主编《文学》。一边编刊一边兼任暨南大学教授，并参加上海文化界抗日活动，一九四二年"皖南事变"后，辞去一切职务，回青岛老家，一度任职山东大学教授。除《山雨》，他还出版过长篇小说《春花》《一叶》，短篇及散文集《春雨之夜》《号声》《霜痕》等。诗集有一九二二年与朱自清、叶圣陶合作的《雪湖》，一九二五年的《童心》，以及《这时代》《夜行集》《横吹集》，在早期白话诗人中，他确是成果丰硕的老资格诗人了。虽然，"文学研究会"把文学看作是"人生的镜子"，以此来倡导面向人生的现实主义文学。这在中国现代文学史上，有着积极的意义。而在王统照的笔下，则多方面对白话诗作了可贵的艺术探索。他早期翻译了不少外国诗，发表在《诗》《文学旬刊》上，这无疑拓宽了他的视野，在他的诗中起到了借鉴作用。如长诗《她的生命》，采用的不是传统的民间说唱式的，也不在故事的完整叙述上，而是更多注重于主人公的情绪演化、跌宕起伏中使诗的跳跃度更大，这也丰富了现实主义的创作。面对新诗初创时期过于散文化的弊病，他作了不少努力，虽然没有提倡新诗格律化等问题，但在诗的创作实践中，摸索着诗的多种创作可能性，尽量把诗写得既有规范、又无约束，朴素而又自然，使诗更像诗，保持其艺术的丰富性和多样性。他觉得："写一篇能够看去像样的短篇小说，比写一首像样的小诗省事得多"。可惜的是，《江南曲》之后，诗人生前就没有出过诗集。他建国后任山东省文联主席、文化局长等，只出版过一本《炉边文谈》，一九五七年因病去世后，出版了《王统照诗选》。一九八二年，山东人民出版社出版了《王统照文集》，第四卷是他的诗集，编入他的新诗和旧体诗共五百余首，较全面地反映了他的诗歌创作成就。

说起王统照，不能不说他与陈毅将军的关系，与印度诗人泰戈尔的关系。早年他与在北平香山中法大学读书的陈毅相识，虽然王比陈大四岁，却一见如故成为莫逆，他鼓励陈毅写作，将他的短篇小说《报仇》《十年的升沉》，诗歌《春光》《游云》等发表在《文学旬刊》上，还介绍他加入文学研究

《王统照文集》第四卷（诗全集）

会。一九五四年夏天，他们在山东泉城重逢，有聊不完的话。一九五七年得悉王统照病逝，陈毅悲痛地在《诗刊》发表悼念诗："剑三今何在？墓木将拱草深盖，四十年来风雨急，书生本色能自爱"。

百年前的一九二四年，中国讲学社邀请印度诗圣泰戈尔访华，并商定由徐志摩担任泰翁讲演的翻译，王统照为讲演录的编辑，并一起负责安排陪同泰翁的日常行程。在泰翁到来之前，他与徐志摩到上海作好前期筹备，徐留在上海迎接泰翁访华第一站，王则提前赴南京，作好下一站的各项准备工作，后与徐一起陪同泰翁从南京去济南。第二天，在山东议会大厦，徐志摩任翻译，王统照主

持泰翁演讲会并记录下泰的演讲《中印文化之交流》。泰翁济南结束访问后由徐志摩陪同北上，王统照因负责管理泰翁一行的行李稍留一些时间，随后再赶往北京。王统照协助徐志摩默默做好接待泰翁工作，既展现出他对泰翁的尊敬，也可看出他与徐志摩的深厚友情。徐志摩不幸遇难，王统照写下《悼志摩》长文，说道："志摩认真的诗情，绝不含有任何矫伪，他那种痴，那种孩子似的天真实能令人惊讶。"

在泰翁访华前后，王统照写了《泰戈尔的人格观》《泰戈尔的思想与其诗歌的表象》，先后发表在《民铎》和《小说月报》上。又有《泰戈尔诗杂译》，发表在《文学旬刊》上。在中国早期现代诗人中，受泰戈尔诗歌影响最大者，一个是冰心，一个就是王统照。泰翁获得诺贝尔文学奖后，他的诗开始陆续译介到中国，王统照等一些中国诗人通过模仿和借鉴泰翁的诗歌，开始走上创作之路。在泰翁访华期间，对其宣传和推介有两个重镇，一个是郑振铎主持的《小说月报》，另一个就是王统照主持的《文学旬报》。《文学旬报》对泰翁访华报道，从一九二三年到一九二五年持续不断，如对他访华事件的连续跟踪，他的作品翻译、评论和研究，他的演讲翻译与整理发表等，形成了较大的宣传阵势。这些都可以看出，王统照对文学作品爱与美的理念，与泰翁的思想观、创作观是何等契合，他也在自己的创作中构筑着这一思想体系。也许，王统照的小说成就罩盖了他的诗歌创作，诗坛对王统照的诗歌关注度显得不是太够。但这依然不妨碍王统照定位中国现代诗人中的先行者、佼佼者。

图书在版编目（CIP）数据

人生的能见度 / 赵丽宏主编. -- 上海：上海文艺出版社,2025. -- ISBN 978-7-5321-9296-0

Ⅰ. I227

中国国家版本馆 CIP 数据核字第 2025GB7523 号

责任编辑：徐如麒　毛静彦
美术编辑：雨　辰　沈诗芸
封面设计：赵小凡

人生的能见度
赵丽宏　主编
上海世纪出版集团
上海文艺出版社 出版
201101 上海市闵行区号景路 159 弄 A 座 2 楼
上海文艺出版社发行中心发行
201101 上海市闵行区号景路 159 弄 A 座 2 楼 206 室 www.ewen.co
上海昌鑫龙印务有限公司印刷
开本 787×1092 1/16 印张 7 插页 2 字数 123,000
2025 年 4 月第 1 版　2025 年 4 月第 1 次印刷
ISBN 978-7-5321-9296-0/I.7291　　定价：12.00 元

告读者　如发现本书有质量问题请与印刷厂质量科联系
T：021-52830308